FLORIAN SCHWARZ

Stichling

FLORIAN SCHWARZ

Stichling

Roman

Buchfink Verlag

Meinen Söhnen Max und Ole.
Ich hoffe von Herzen, dass ihnen die Albträume
ihrer Urgroßväter erspart bleiben.

Impressum

1. Auflage 2019

Satz und Umbruch: Sarah Frank
Umschlaggestaltung: Stefan Weyer
Gesetzt aus der Chaparral Pro
Druck und Bindung: CPI books GmbH, Leck

Printed in Germany

ISBN 978-3-948453-01-5
www.buchfink-verlag.de

Und dann warst du im Club der alten Seelen
genau genommen wolltest du nicht rein.

Heisterkamp „Willkommen"

1916

Wenn der Sonne warme Strahlen,
nicht mehr auf die dreckig, blutig, fahlen
Gesichter meiner Brüder scheinen.

Wenn des Sommers zarte Winde
nicht mehr über schmutzig, kahle, blinde
Felder ohne Leben wehen.

Wenn der Käfer leises Surren
nicht mehr beim tosend, schreiend, knurrend
Brüllen der Granaten schweigt.

Dann kehr' ich heim zu meinen Lieben,
und doch blieben
alle, die ich wirklich kannte, für immer in der Fremde.

Prolog

Mein Großvater wurde, nicht lange bevor der Erste Weltkrieg ausbrach, mitten in die sengende Glut eines ungewöhnlich heißen Sommers geboren und ist in einem kleinen Dorf im Südwesten Deutschlands aufgewachsen. Er lernte in einem tiefen, kühlen Maar schwimmen und dann, als er gerade alt genug war, ein Gewehr zu halten, zog er, wie zuvor schon seine älteren Brüder, in den Krieg. Sein Vater zersägte derweil in seinem Sägewerk Baumstämme und fertigte aus den Bohlen stabile Kisten, in die Patronen gepackt wurden, mit denen seine Söhne auf andere Söhne schossen.

Vieles, das in diesem Buch geschrieben steht, hat mir mein Großvater erzählt. Er hat es nicht aufgeschrieben, nicht einfach gesagt. Er hat es erzählt und dazu ein lärmendes Gatter in der Luft über seinem Küchentisch aus Resopal geformt, ausladend und präzise; er hat das Rattern der Loren und Ketten mit seiner Stimme nachgeahmt, kehlig und rau; er hat den Geruch des Holzes und des Harzes beschrieben, würzig und herb; er hat mit seinen unglaublich großen Händen einen imaginären Stamm gegen unsichtbare Sägebänder geschoben und sich die riesige Narbe an seinem sehnigen Oberarm gerieben, in den sich damals, im traurigen Herbst 1956, die eisernen Zähne seines Gatters gefressen hatten.

Mein Großvater hat mir von seinen Kriegen erzählt. Mit glasigen, weit aufgerissenen Augen, die in die Ferne blickten, als

sähen sie unmittelbar zurück. Mal mit bebender, mal mit fester Stimme, immer voller Inbrunst, wahrhaftig und aufrichtig, beängstigend und mahnend.
Diese Geschichten, Gedanken und Bilder habe ich meinem Großvater gestohlen. Ich habe sie gehört, vergessen und mich wieder an sie erinnert. Ich habe sie mit dem vermischt, was ich selbst gedacht und gesehen habe, wenn ich an diesem oder jenem Sommermorgen durch den schweren, satten Bodennebel und das feuchte Gras hinter dem Sägewerk meines Urgroßvaters, meines Großvaters und meines Vaters geschlichen bin und Frösche gejagt habe. Und dann zum Mittagessen die knarzende Treppe emporgerannt bin und mich in die mit bittersüßem Pfeifenrauch gefüllte Küche auf die Eckbank neben meinen Großvater gesetzt habe.
Dies alles habe ich mit den Gedanken und Ängsten all jener vermischt, die etwas zu diesem unvorstellbaren Krieg aufgeschrieben und erzählt haben, dessen Unmittelbarkeit und Grausamkeit ich mir nur im Geringsten vorstellen kann. Ich habe sie mit dem vermischt, was ich dachte, als Paul Bäumer auf der letzten Seite starb. Ein einziger Satz, so endgültig und schmerzhaft, so mächtig und kraftvoll, dass er meine friedliche Welt für immer verändert hat.

Der Name meines Großvaters war August.

1 Hummeln

Call me Ishmael.
Herman Melville „Moby-Dick"

Es war August. Die Fichten ächzten und knackten, als der warme Wind in sanften Böen durch ihre Kronen strich. Um den silbrig schimmernden Körper eines unvorsichtigen Stichlings schloss sich der schlanke Schnabel eines Eisvogels, der sich nur einen Wimpernschlag zuvor von seinem Ast in das kristallklare Wasser des Baches gestürzt hatte. Der Sommer an diesem Nachmittag war so warm, klar und unmittelbar wie noch an keinem Tag zuvor in diesem Jahr. August legte sich nach hinten ins Gras und verschränkte seine Arme hinter dem Kopf. Seine nackten Füße baumelten gerade so tief in dem schmalen Bach, an dessen Ufer er sich niedergelassen hatte, dass seine Zehen von Wasser bedeckt waren. Zwischen seinen Zähnen wippte ein Grashalm und das Sonnenlicht durchflutete seine geschlossenen Lider in einem satten Karminrot.
Ganz leise, fast so schwach, dass es von der leichten Brise in den Halmen, dem Knacken der Fichten und dem Summen der dicken Hummeln um ihn herum übertönt wurde, ganz leise hörte August das ferne Rattern und Stampfen des großen Gatters im Sägewerk seines Vaters. Eigentlich wäre es an diesem Tag seine Aufgabe gewesen, dem Sägewerksmeister zu helfen,

die schweren Stämme, die am vorherigen Tag von den Fuhrwerken in den Hof des Sägewerks geliefert worden waren, auf die Loren der kleinen Bahn zu verladen und zum Gatter zu schieben. Das Geschäft mit den roh gezimmerten Brettern, die sie aus den Stämmen schnitten und aus denen in der alten Scheune Munitionskisten gezimmert wurden, lief in den letzten Monaten so gut, dass im Werk jede Hand gebraucht wurde. Augusts Vater Joseph aber kämpfte bereits seit Monaten – wie die meisten Männer des Dorfes – auf den Schlachtfeldern im Westen und Osten. So tummelten sich an den Sägen und Hobelbänken, an den Arbeitstischen und in den Werkstätten vor allem alte Männer, Frauen und Kinder.
An diesem Tag hatte sich August bereits in aller Frühe aus dem Haus seiner Eltern auf den Hof des Sägewerks geschlichen. War still die Treppe hinabgegangen, dicht gefolgt von seinem Hund, hatte sich die Taschen mit etwas Tabak, einer alten Pfeife seines Vaters, einem halben Brot aus der Vorratskammer und einem Stück Käse gefüllt und war auf die gegenüberliegende Seite des schmalen Hohlweges vor dem Haus gelaufen. War dort im Dickicht verschwunden, das vom morgendlichen Tau

glänzte, und dem kleinen Trampelpfad gefolgt; hatte den weichen Boden des Fichtenwalds unter seinen nackten Fußsohlen gespürt, ein Reh aufgescheucht, und war schließlich auf die kleine Lichtung gestoßen, auf der er diesen Tag verbringen wollte.

*

Es war der 11. August im 16. Jahr des noch jungen Jahrhunderts und Augusts 17. Geburtstag. In Europa wütete der größte Krieg, den die Welt bisher gesehen hatte; eine gewaltige Walze aus Feuer, Stahl und Menschenfleisch; ein zorniger, nimmersatter Lindwurm, der gierig Menschen, Tiere und alle Hoffnung verschlang.

2 *Erde*

I'm so sick of all these people,
but I'm scared to be alone.
Rise Against „Voices Off Camera"

Neben seiner linken Schläfe schlug surrend und mit einem schmatzenden Klatschen ein handtellergroßer Metallsplitter in die lehmige Wand der kleinen Senke und blieb dampfend in der Erde stecken. August kam zu sich, rückte seinen Stahlhelm gerade und wischte sich den Matsch aus dem Gesicht. Er schwitzte. Salzige Tropfen rannen über seine Stirn, in die Brauen und von dort in seine Augen. Er blickte an sich herab und spannte seine Muskeln an, um zu überprüfen, ob er verletzt war. Aber August sah kein Blut, fühlte keinen Schmerz, und seine Beine und Arme gehorchten ihm.

Seine Unterschenkel steckten fast bis zu den Knien in Lederstiefeln, die ihm etwas zu groß waren und in denen sich bereits bis auf Knöchelhöhe Wasser gesammelt hatte. Es lief von den Wänden der Senke direkt in die Schäfte und sog sich mehr und mehr in seine grobe Uniformhose. August bewegte seinen Kopf, sah sich um und versuchte, sich zu orientieren.

Der Krater, an dessen steil abfallende Flanke er sich presste, hatte einen Durchmesser von etwa zwei Metern und war gerade so tief, dass August liegend Deckung fand. Es nieselte dichte

Tropfen und einzelne Nebelfetzen hingen schwer über der öden, von Tausenden Granateinschlägen umgepflügten Landschaft. Um August herum toste der unbändige Lärm des Gefechts. Mit scharfem Zischen schossen Gewehrkugeln aus allen Richtungen über den Krater. Der heulende Flug der großen Geschosse vermischte sich mit den wuchtigen Einschlägen und Explosionen und dem prasselnden Klatschen der aufgewirbelten Erde, die auf den feuchten Boden regnete. Bereits seit Tagen feuerte die Gegenseite unablässig Granate um Granate, Mine um Mine und Schrapnell um Schrapnell aus den glühenden Rohren ihrer Artillerie.

In der Nacht zuvor hatte August zusammen mit drei Kameraden den eigenen Grabenabschnitt verlassen und war bäuchlings, die eigenen Stellungen hinter sich lassend, in das Niemandsland zwischen den Gräben gerobbt. Getrieben von nichts als Unvernunft, hatten sie sich durch Stacheldraht und schlammige Krater geschlagen und waren schließlich fast bis an die feindlichen Gräben gelangt. Hatten dort fest an den Boden gepresst ausgeharrt, umhüllt vom Dunkel der Nacht, nur hin und wieder beleuchtet von den zuckenden Blitzen der Explosionen und Leuchtraketen, und atemlos darauf vertraut, dass sie der graue Rock und die Bodenwellen ausreichend tarnen würden, während sie die feindlichen Soldaten husten und sprechen hörten. In ihre entzündeten und abgestumpften Nasen war der feine Geruch frisch gebrühten Kaffees gestiegen, den sie in der von Pulverdampf, Verwesung und erdigem Gestank starrenden Luft gierig und sehnsüchtig einsogen. Einen tieferen Sinn gab es hinter ihrem abenteuerlichen Ausflug freilich keinen. Doch die endlosen Stunden unablässigen Artilleriefeuers, die Enge ihrer Unterstände tief in den Flanken ihrer Gräben und vor allem

das unendliche Warten der letzten Tage, all das hatte in ihnen Bewegungsdrang geweckt. Einigen der Männer, das hatte August mehr als einmal erlebt, setzten ständiges Feuer und ausweglose Enge so sehr zu, dass sie mit rollenden Augen, die schmutzigen Bärte voller Speichel, aus ihrem Graben sprangen und ohne einen Blick zurück in den Tod rannten.
Auch August hatte also den Graben Richtung Feind verlassen – allerdings in einem der kurzen Momente, in denen das Feuer schwächer war, im Schutz der Dunkelheit und mit der festen Absicht zurückzukehren. Das schien ihm damals das vernünftigere Ventil seines Grabenfiebers als die blinde Hatz in den Tod – trotz aller Gefahr. Am Tage vor dem nächtlichen Ausflug hatte er seine Idee also mehr oder minder in kleinem Kreis laut ausgesprochen und schnell hatten sich drei Mann um ihn geschart, die den Vorschlag begrüßten und die Exkursion mit ihm vorbereiteten. So fanden sich zu Beginn der Dämmerung der stämmige Unteroffizier M., ein Mann mit der Statur eines Bullen und einem unerschütterlichen Lächeln auf dem schmalen Lippenrot, ein kleiner Landser namens A., stets die Ruhe selbst, und schließlich ein Rekrut namens K., dessen Augen vor Unternehmungslust blitzten, an verabredeter Stelle ein, alle gut ausgerüstet und voller Tatendrang.
August wusste nicht, wie viel Zeit vergangen war, seit sie ihre Stellung verlassen hatten. Nun war es Tag, die Geschütze beider Seiten brüllten ihr ununterbrochenes Mantra und warfen Geschoss um Geschoss in die gegnerischen Stellungen. Den Unterschied zwischen den einzelnen Projektilen, ihr Kaliber und ihre Wirkung hatte August während seiner kurzen Ausbildung in der Kaserne und vor allem an der Front und den zerfetzten Leibern zahlreicher Kameraden erlernt.

Einige Geschosse, wie Schrapnelle und Granaten, konnte er schon geraume Zeit vor der Explosion am Fluggeräusch erkennen. Er wusste, wie die schweren Projektile der Artillerie klangen und was ihn erwartete, wenn sie einschlugen. Er wusste, dass ein Schrapnell erst mit der Explosion des Zeitzünders in der Geschosskappe die Bleikugeln ausschleuderte und dass er sich vor dem schrillen Heulen und Quietschen der Granaten kleiner Minenwerfer hüten musste. Er lernte schnell, dass es gelingen konnte, vor den schweren Geschossen der abgeprotzten Artillerie weit hinter der Front in Deckung zu gehen, und fürchtete die kleinen, schnellen Projektile umso mehr.
Es war diesig, der Himmel hing grau und tief über dem Felde, und so fiel es August schwer, die Tageszeit einzuschätzen. Auf den groben Fasern seines Feldrocks sammelte sich bereits ein feiner Film aus winzig kleinen Wassertropfen, deren Feuchtigkeit langsam durch den Stoff und in sein Hemd drang. August entschied, es sei nicht klug, aus Leibeskräften zu rufen. Zu groß war die Gefahr, von den falschen Ohren gehört und zu einem dankbaren Ziel feindlicher Handgranaten und Minen zu werden.
Offenbar befand er sich in einem Granattrichter im Niemandsland zwischen den verfeindeten Gräben. Wie er hierhergekommen war und warum er alleine war, vermochte August nicht zu sagen, aber offenbar schien beim Rückzug ihres nächtlichen Ausfluges etwas schiefgegangen zu sein.
Bisher hatte August rücklings an der abfallenden Flanke seines Erdlochs gelegen, den Blick in den Himmel gerichtet. Nun drehte er sich vorsichtig über seine rechte Seite auf den Bauch und begann, Zentimeter für Zentimeter, den Hang emporzukriechen, bis die obere Seite seines Helmes fast den Rand des

Kraters erreichte hatte. Den Mut, ihn weiter über den Rand zu schieben, brachte er nicht auf, fürchtete er doch, von einem aufmerksamen Schützen in den gegnerischen Gräben entdeckt zu werden.
In den befestigten Gräben gab es Scherenfernrohre oder erhöhte Brustwehren mit Blick- und Schießscharten auf den Grabenrändern, um aus der Deckung zu blicken, ohne die schützenden Wände des Grabens verlassen zu müssen. Und doch starben zahlreiche Männer durch Kopftreffer, weil sie ihr Haupt einen Augenblick zu lang, sei es ihrer Unachtsamkeit oder ihrem Ungeschick geschuldet, über den Rand des Grabens streckten. Oder weil ein Schütze im Dunkel der Nacht auf die weithin sichtbare Glut einer Zigarette oder einer deckellosen Pfeife gezielt hatte. Für gewöhnlich lauerte auch August mit seinen Kameraden hinter den Brustwehren, den Karabiner im Anschlag, den Finger ausgestreckt neben dem Abzug. Auch sie strichen mit ihren Blicken die feindlichen Gräben entlang, in der Hoffnung, es zeige sich ein unvorsichtiger Haarschopf. Es war nicht zuletzt jenes ständige Lauern und Belauern, die stete, drückende Angst vor der Überraschung aus dem Hinterhalt, die den Verstand vieler Männer an der Front zerbrach.

3 Sonne

I can't believe somehow
that I haven't died of grief or something
since you left this town.
Brian Fallon „Red Lights"

Die Luft des Sommers im Tal war feucht und hing oft schwül und unbeweglich für Tage zwischen den sattgrünen Hängen. Dann erging sich alles in einem trägen Dämmerzustand. Wärme und Feuchtigkeit legten sich über das Leben wie schwere Lider über die brennenden Augen eines Kranken, der vom Bewusstsein in einen fiebrigen Schlaf gleitet.

Während dieser heißen Augusttage lief kein Spaziergänger auf den Wegen, kein Vogel sang in den Gärten, die Fenster und Türen waren weit geöffnet und im schattigen Inneren der Häuser wünschten sich die Menschen schon am Morgen einen Luftzug, der durch die Bäume in die Zimmer wehen und kühl über ihre feuchte, schweißnasse Stirn streichen würde. An diesen Tagen streunte August auf langen Spaziergängen durch die Wälder und Lichtungen, auf denen die warme Luft flirrte und die Grillen zirpten, sein Hund stets still und mit hängender Zunge an seiner Seite. Sie zogen durch die versteckten Winkel des Tals, liefen über Wiesen, übersprangen Zäune, passierten verwilderte, von Disteln, Winden und Brennnesseln überwucherte Gärten und durchschritten dämmrige Hohlwege und Höfe, in deren Schatten dösende Hunde an ihren Ketten lagen und – glitten die beiden lautlos an ihnen vorüber – meist nicht mehr als eines ihrer halb geschlossenen Augen öffneten, um ihnen ein Stück ihres Weges nachzublicken.

An jenem Morgen erwachte August nass vom Nachtschweiß auf dem Boden der kleinen Dachkammer, die er im Haus seiner Eltern bewohnte. Die Stimme belegt und den Mund pelzig trocken, roch er schon mit seinem ersten Atemzug das Wetter, roch die feuchte Luft und wusste, wie der Tag werden würde. Er erhob sich von seinem Bett und ging in die Ecke des Raumes, in der das verzinkte Waschbecken hing, nahm die irdene Kanne und ließ das Wasser über seinen Kopf fließen. Lauwarm von der Hitze der Nacht rann es durch seine Haare, über sein Gesicht und auf seine Brust. Aus einer Hand nahm er einen tiefen Schluck, spülte den faden Geschmack des Schlafs und seiner Träume hinunter und setzte sich an den kleinen Holztisch. Die ersten Züge der Zigarette ließen ihn schwindeln und er

genoss den sanften Rausch, während sich das Gift in seinen Adern ausbreitete, seinen Körper durchströmte und als leichtes Kribbeln in Hände und Füße drang. Nachdem er den filterlosen Stummel in den Aschenbecher gedrückt hatte, zog er sich an, weckte den Hund, der noch auf seiner Matratze schlief, und zusammen verließen sie das Zimmer, stiegen die Stufen hinab und traten aus der Haustür auf den Hof.
Kurz über den Wipfeln der Bäume, die unbeweglich und dicht auf der gegenüberliegenden Seite des Hohlwegs standen, kam soeben die Sonne hervor. Ihre Strahlen fielen August direkt ins Gesicht und blendeten ihn für einen kurzen Moment, als er aus dem Schatten des Türbogens trat. Er schloss die Augen und roch die Spuren der letzten Nacht, den Schiefer des Daches, den Basalt und den Bruchstein des Hauses, der sich seit Wochen in der Sonne aufheizte und nächtens die Wärme abstrahlte, die Geranien in ihren hölzernen Fensterkästen und die modrige, erdige Luft, die aus den bodennahen Kellerfenstern des Hauses kühl an seinen Beinen emporstieg.
Sein erster Gang führte ihn an einen kleinen Brunnen, der ein Stück weit in Richtung des Dorfes auf der rechten Seite des Hohlweges lag. Aus einem eisernen Schlangenkopf, über die Jahre von zahllosen Händen durstiger Wanderer glänzend poliert, ergoss sich Wasser in drei steinerne Becken, von denen jeweils eines das nächste speiste. Aus dem letzten schwappte das Wasser schließlich in ein Metallgitter und verschwand. Der Hund sprang in das letzte Becken, soff geräuschvoll einige Schlucke, sprang wieder hinaus und schüttelte sein nasses Fell, aus dem er so das kalte Wasser als glitzernde Tropfen in Augusts Gesicht schleuderte. August gab seinem Gefährten einen sanften Schubs und weiter trotteten die beiden dem

Dorfe zu. Halb im Schatten der Bäume, halb im Licht der Morgensonne.

Als sie am Ende des Tales aus dem Hohlweg auf die Straße traten, verließen sie die kühle Stille des Waldes und schritten vollends in die helle, glühende Sonne, die bereits unbarmherzig auf den Schotter schien. Auf der gut ausgefahrenen Straße spross in der Mitte, dort wo die Räder und die Reifen nicht hinlangten, saftig grünes Gras. August konnte den Kirchturm erkennen, sie kamen schnell voran, hielten sich am Rand, um das ein oder andere Fuhrwerk passieren zu lassen, und erreichten bald die ersten, noch verstreut stehenden Häuser. In der verwinkelten Mitte des Ortes war ihr Ziel der Krämerladen der Familie K. Schon vor Wochen hatte August hier in einem dicken Warenhauskatalog geblättert, mit der Hilfe Frau K.s ein Geschenk für seine Mutter ausgewählt und Frau K. zugesehen, wie sie die Bestellung sorgfältig in ein Formular eintrug.

Als August nun die Ladentür aufstieß und der Hund sich vor dem Ladenfenster zusammenrollte, schlug das Türblatt, das eine klare Scheibe fasste, auf die in weißer Farbe der Name der Besitzer gemalt war, klingend gegen eine kleine metallene Glocke im Türstock. Die Luft des Ladens war kühl und trocken. Sie roch nach Tabak und dem Staub, der sich auf den Böden der hohen Regale gesammelt hatte.

Hinter der Theke, etwa genau in der Mitte der rückwärtigen Wand, befand sich ein schmaler, mit einem groben Vorhang verdeckter Durchlass, der in eine Wohnstube führte und auf den August nun ohne Zögern zuschritt. Seit er denken konnte, dachte August an Lotte, die Tochter der Familie. Unzertrennlich wie Geschwister waren sie als kleine Kinder nach der Schule, in den Ferien und nahezu jeden Tag ihres jungen Lebens durch die schmalen Gassen des Dorfes und die dämmrigen Wege des Tals gerannt; Hand in Hand und tief vertraut, während ihre Väter gemeinsamen Geschäften oder Vergnügen nachgingen. Daraus war eine so innige Zuneigung, eine so tiefe, bedingungslose Freundschaft entstanden, von der viele sagten, sie sei wahre Liebe.

Lotte war hübsch. In ihr feines Gesicht, über ihren schmalen Mund und die blauen Augen fielen Strähnen unbändiges, kastanienbraunes Haar, die sie dann und wann gekonnt über ihre geschürzte Unterlippe nach oben blies. Dem Laden ihrer Eltern bescherte sie in letzter Zeit immer mehr männliche Kundschaft, und die Mütter des Dorfes wunderten sich über die neuerliche Bereitschaft ihrer Söhne, Erledigungen im Krämerladen zu übernehmen. Dabei schien Lotte selbst unempfindlich gegen jedwede Zuneigungsbekundung und umschloss Augusts Hand noch immer wie vor Jahr und Tag, wenn die beiden gemeinsam ihrer Wege gingen. So zog sich August manch stillen Groll zu, wenn er Lotte besuchte und abholte, um mit ihr einen weiteren Tag zu verbringen.

Als August heute die Stube hinter dem Ladenraum betrat, tat er dies also mit der Macht lebenslanger Gewohnheit und der unumstößlichen Sicherheit einer Heimkehr. Lottes Mutter legte eine Zeitschrift zur Seite, um dem Klang der Glocke an der Ladentür zu folgen, erhob sich allerdings nicht aus ihrem Sessel, als sie August sah. Lottes Vater saß an einem großen Tisch, blickte von den Seiten eines Buches auf und lächelte August freundlich zu. Lotte war nicht zu sehen.

Herr K. schob eine Postkarte zwischen die Seiten des Buches, schlug es zu, legte es zur Seite und deutete freudig auf den

Stuhl neben sich. Ein Lächeln überflog Augusts Gesicht und nachdem er zu Lottes Mutter gegangen war, damit sie ihn auf die Stirn küssen konnte, nahm er Platz. Im gleichen Moment öffnete sich die Tür zum Hof und Lotte trat in die Stube. Sie lächelte still und ihre Augen weiteten sich kaum merklich, als sie schnurstracks auf ihn zuging, seine heiße Wange küsste und sich neben ihm auf einem Stuhl niederließ.
Herr K. fragte, ob August Nachricht von seinem Vater erhalten habe. In der Tat war vor zwei Tagen ein Brief eingetroffen, den August mitgebracht hatte. Er nickte zustimmend, griff in seine Hosentasche, zog den säuberlich in der Mitte gefalteten Umschlag hervor, legte ihn auf den Tisch und nahm zwei Seiten dünnes, durchscheinendes Papier aus dem Umschlag, fast so dünn wie das Butterbrotpapier, in das ihre Mütter die Schulbrote einschlugen.

4 Papier

Liebe Marga, lieber August,

nun endlich finde ich die Zeit, Euch ein paar Zeilen zu schreiben und zu berichten, wie es mir in den letzten Wochen ergangen ist. Leider gab es bisher keine Gelegenheit, denn im Wechsel zwischen Fronteinsatz und Etappe blieb mir nie die nötige Ruhe. Wie geht es Euch? Seid Ihr bei guter Gesundheit, wie steht es um das Geschäft?
Mir geht es gut. Ich bin unverletzt und bei Kräften. Mein Frontabschnitt liegt im französischen Niemandsland zwischen zwei Dörfern, deren Namen niemand von uns kennt. Die Bewohner haben die Ruinen längst verlassen. Seit einigen Tagen verstärkt sich das Feuer beider Seiten und es scheint, als bereite man sich hier wie dort auf einen Durchbruch vor. Wohl aus diesem Grund sind wir für zwei lange Tage in die Etappe geschickt worden, um Kräfte zu sammeln. Mein letzter Brief ist nun schon seit mehr als zwei Monaten abgeschickt und hat Euch in der Zwischenzeit sicher erreicht. Heute schreibe ich in der Hoffnung, dass dieser Brief rechtzeitig zu Deinem Geburtstag eintrifft, lieber August.
Wir haben Quartier in der fast gänzlich zerstörten Schule eines der Dörfer genommen und geben uns ungestört dem soldatischen Einerlei hin. Ich hoffe, mich die nächsten Tage weiter stärken zu können. In der trügerischen Ruhe der Etappe bekommt man seine Mahlzeiten verlässlicher als im Graben, denn dort gelingt es oft nicht, Proviant durch das enge Sperrfeuer bis in die vordersten Gräben zu bringen.

So werden wir an der Front unregelmäßiger versorgt als hier. Ohnehin ist dort vorne für viele der tägliche Schnaps bedeutsamer als ein Stück Brot, und der Alkohol und der Tabak lassen viele die knurrenden Mägen vergessen.
Die Kost selbst ist nicht abwechslungsreich und die Fleischeinlage in den Eintöpfen wird stetig weniger. Meist ist sie nicht mehr zu schmecken. Auch Brot, Tabak und Schnaps werden in letzter Zeit streng rationiert. Da ich meinen Schnaps nicht trinke, habe ich ein beliebtes Gut, um es gegen zusätzliche Zigaretten oder ein Stück Brot einzutauschen. Ich bedanke mich herzlich für Euer Paket, das mich vor etwa zwei Wochen erreichte. Ich weiß, dass das mehr als ungewöhnlich ist, denn viele Pakete aus der Heimat finden nie den Weg zu ihren Empfängern. Wie ich auf dem Stempel erkennen konnte, hat es auch mehr als einen Monat gedauert. Von dem Tabak habe ich den letzten Rest in meiner Rocktasche.
Nun muss ich schließen: Es ist spät geworden, und da wir vielleicht schon morgen zurück in die Gräben müssen, will ich die Zeit nutzen, um so viel zu schlafen, wie ich nur kann. Ich denke allzeit an Euch und vermisse Euch.

J.

5 *Splitter*

Now I shall reign in blood.
Slayer „Raining Blood“

Splitter gab es in allen Größen. Allen gemein war, dass sie scharfkantig, glühend, unberechenbar und mit hoher Geschwindigkeit umherspritzten. Die meisten Verletzungen in den Gräben wurden von ihnen verursacht. Zwar war die Wirkung eines Volltreffers massiver und totaler als die eines Splitters, doch seine rasche Endgültigkeit gnädiger. Wo eine große Granate einschlug, blieb nichts zurück außer ein Krater und dampfende Uniform- und Fleischreste. Ein Volltreffer vaporisierte alles, was er traf, und machte den Tod zu einer schnellen Angelegenheit.
Splitter aber rissen, bissen und schlugen Fleisch aus intakten Körpern wie Hyänen es aus dem Aas; schnitten wie Shylock Pfund um Pfund Fleisch aus den Leibern der Männer. Splitter amputierten, skalpierten, rasierten und verstümmelten. Sie stülpten das Innen nach außen, zermalmten und zerschlugen Knochen, zertrümmerten Becken, öffneten Schädel, durchbrachen Bauchdecken und Magenwände, schlugen Finger ab und Augen aus. Sie durchtrennten Sehnen und verödeten glühend, dampfend alles Fleisch, das sie berührten.

Splitter waren die heimlichen, eisernen Potentaten des Schlachtfeldes, unberechenbar und gesetzlos. Sie waren Richter und Henker zugleich, kannten kein Für-uns, kein Wider-uns und zelebrierten ihre Herrschaft der Willkür auf den Schlachtfeldern in einer schwarzen Hochzeit aus Fleisch und Metall. Splitter waren stählerne Moskitos und gnadenlose Vollstrecker im Dienste der eigenen Sache. Sie trafen Freund und Feind, kamen unangekündigt und überraschend. Noch weit entfernt von der Detonationsstelle hatten sie so viel Kraft, war ihre Masse noch so sehr beschleunigt und ihre Legierung so heiß, dass ihnen weiche Ziele meist wenig entgegenzusetzen hatten. Und während man die intakten Geschosse und Kugeln gezielt auf den Weg schickte und ihre Flugbahnen in etwa vorhersagen konnte, begann mit der Detonation und der Zersplitterung des Projektils am Ende der Flugbahn ein neuer Abschnitt. Unerheblich, ob es sich um eine kleine Gewehrkugel handelte, die zum Querschläger wurde, oder um ein Schrapnell.
Die ständige Angst vor dem Tod aus dem Nichts, vor dem plötzlichen Treffer, wurde für die Soldaten in den Gräben zu einem bestimmenden Gemütszustand, und entfesselte Angst

stand in den Augen aller. Jedes Surren, Zirpen, jede Detonation und jeder Einschlag prophezeiten neue Splitter in der rauch- und metallgeschwängerten Luft des Schlachtfeldes und drückten die Männer an die Wände ihrer Gräben, in den Stollen der Grabenwände, ihre Köpfe unter die Brustwehren. Wieder und wieder sanken Kameraden in ihrer Mitte plötzlich zusammen, nicht mehr als ein kleines, ausgefranstes Loch in Stahlhelm und Schädel oder große Löcher in Bauch, Hals oder Rücken, die Darm, Rückgrat und Muskeln freilegten. Dann kippten sie aus ihrer Deckung in die Gänge der Gräben, bäumten sich auf, schlugen über die Wehren aus Holz und Sandsäcken oder fielen an Ort und Stelle in sich zusammen wie abgeschaltete Automatenmenschen. Lebten oft noch, um sich dann auf dem Boden zu krümmen, in ihrem Blut zu winden und nach ihren Müttern und Vätern, nach ihren Frauen und Kindern zu schreien. Dauerte der Angriff an, konnten ihre Kameraden die Verwundeten nicht zu sich nehmen, ohne selbst die Deckung zu verlassen. So blieb ihnen meist nur, dem Verletzten aus der Deckung zuzusprechen, sich die Ohren zuzuhalten oder dem Willen einer verlorenen Seele zu entsprechen und ihr Leid mit einem gezielten Schuss aus dem Karabiner zu beenden.
Aus Angst vor der unberechenbaren Gefahr wagte August in seinem Krater nicht, den Helm weiter über den Rand zu schieben – auch wenn das bedeutete, dass er sich kein genaues Bild über seine Position machen konnte. So lag er einige Minuten da, dachte nach und entschied schließlich zu warten. Auf die Dunkelheit. Denn wenn er überhaupt eine Chance haben wollte, sein irdenes Gefängnis zu verlassen und zurück in die eigenen Gräben zu kommen, dann musste er eine Rückkehr im Schutz der Nacht versuchen.

Um seine Position bis dahin so bequem wie möglich zu gestalten, bemühte er sich, seine steifen Beine zu bewegen und sie aus dem braunen, eiskalten Wasser am Grund des Kraters zu ziehen. Dazu rammte er die Fersen seiner groben Stiefel in den weichen Erdboden an der Flanke der Mulde, um Halt zu finden und nicht weiter hinabzurutschen. So auf dem Rücken liegend, die Beine angewinkelt, den Helm tief ins Gesicht gezogen und den Blick in den grauen Himmel gerichtet, fand er eine annähernd bequeme Liegeposition, schlug den Kragen seines Rockes nach oben und steckte seine klammen Hände tief in die seitlichen Taschen.
Noch immer nieselte feiner Sprühregen aus der geschlossenen Wolkendecke und August durchfuhr ein fröstelnder Schauer. Der Atem aus seinen Nasenlöchern kondensierte direkt vor seinem Gesicht zu weißen Wölkchen und die feuchte Kälte kroch tief in seine Kleider, seine Haut und seine Knochen. Er schloss die Augen und dachte an die warme Dachkammer im Hause seiner Eltern. Im Sommer warm und stickig, im Winter aufgeheizt vom Ofen, der von Oktober bis Ende April unter Feuer stand. Er wünschte sich dorthin. Auf sein Bett, mit einem Buch in den Händen und seinem Hund zu den Füßen.
In Gedanken ließ er den Blick über sein Bücherregal rechts von seinem Bett gleiten. Hier stapelten sich die Bücher, die er in der Schule gelesen, und jene, die er sich selbst gekauft hatte. Nicht mehr lesen zu können, nicht einmal im Geiste dem Kriege entfliehen zu können, war eine schmerzliche Erfahrung. Jedes bedruckte Stück Papier, war es auch noch so abgegriffen, zerfetzt und dreckig von den Tausenden grabenmatschigen Fingern, durch die es wieder und wieder geglitten war, verschlang August, ganz egal was auf ihm geschrieben stand.

War es doch eine seltene Gelegenheit der Kurzweil und eine willkommene Gelegenheit, sich mit Dingen außerhalb seiner tristen, irdenen Furchen zu beschäftigen.
So war auch die Gabe, jederzeit und an jedem Ort und in jeder Situation Schlaf zu finden, eine der ersten, die ein Soldat in der Kaserne und im Feld erlernte. Denn die Möglichkeiten für eine ungestörte, längere Rast waren rar. Die Männer nutzten jede Gelegenheit, um ihr permanentes Schlafdefizit auszugleichen, und nun wehrte sich August nicht, als ihn mit einem Mal eine bleierne Müdigkeit überkam, seine Augen zufielen und er in einen leichten Schlaf glitt, das dumpfe Grollen des Artilleriefeuers in den Ohren, mäßig geschützt durch seinen Rock. Hin und wieder pfiff eine verirrte Kugel tief über sein Versteck, als die Geräusche um ihn herum begannen, sich mit seinen Träumen zu vermischen.
Er schlief einen kurzen, unruhigen Schlaf und als er erwachte, hatte sich der Nebel über dem Schlachtfeld aufgelöst und die schweren Regenwolken waren einem blauen Himmel und einigen Quellwolken gewichen. Die Sonne schien auf ihn und schickte sich an, ihren höchsten Stand zu erreichen. Die Feuchtigkeit auf seinen Kleidern war getrocknet und August öffnete Rock und Feldbluse.
Das Feuer über seinem Frontabschnitt hatte nicht merklich zugenommen und wenn er seinen Blick mit einer Hand über den Augen in den Himmel richtete, konnte er fast den Eindruck gewinnen, er liege im Gras, irgendwo unweit seines Elternhauses.
Zum ersten Mal fragte August sich, wie es wohl seinen Expeditionsgefährten vom Vorabend ergangen sein mochte. Es war nicht ungewöhnlich, dass Soldaten nach einem

Sturmangriff oder durch andere Umstände zwischen den Linien zurückblieben. Je nachdem, in welcher Lage sie sich befanden und ob sie sich in Deckung wussten, konnten sie manchmal Kontakt zu ihren Kameraden aufnehmen. Nicht oft und wenn es den Verwundeten gelang, bis zum Beginn der Dunkelheit vor den Kugeln des Feindes verschont zu bleiben, konnten sie sogar geborgen und zurück hinter die eigenen Linien gebracht werden. August hatte bereits vorher an solchen Rückholkommandos teilgenommen, die zwar gefährlich und von der Führung nicht gern gesehen waren, deren Notwendigkeit aber für alle Männer außer Frage stand.
Für August war die Situation eine andere. Er war nicht verletzt und konnte sich im Schutz der Dunkelheit selbst in Sicherheit bringen, ohne andere zu gefährden und seine Kameraden den Risiken des offenen Feldes auszusetzen. So blieb er bis zum Beginn der Dunkelheit ein Mäuschen am Tischbein der großen, blutbesudelten Tafel und unsichtbarer Betrachter im stillen Auge des Tornados. Wollte versuchen, die Augen zu schließen und Gefecht, Gräben, Wachwechsel, das Lauern hinter den Brustwehren, das Warten, die Angst, das Schweigen und die belanglosen Gespräche, die paranoiden Blicke aus rastlosen Augen, Tod, Blut und Fleisch und Stahl, die Hoffnungslosigkeit und den Dreck für einen kurzen Augenblick hinter sich zu lassen.
Während es wärmer wurde, die Sonne noch höher kletterte, seine Kleider und die Wände des Kraters zunehmend trocknete und sein Gesicht wärmte, schälte er sich aus seinem Rock und entnahm der rechten Tasche ein säuberlich in Stanniolpapier eingeschlagenes Stück Schokolade, das er seit der letzten Ausgabe der Süßigkeit für eine besondere Gelegenheit hier

verborgen hatte. Er rollte seine Jacke zusammen, schob sie wie ein Kissen in den Nacken und holte sein Stück Schokolade hervor, das er sich sogleich fast vollständig in den Mund schob. Die Süßigkeit schmolz langsam zwischen Zunge und Gaumen und bald füllte das süß-klebrige, hochviskose Gemisch aus Speichel, Kakaomasse, Zucker und Kakaobutter seine Mundhöhle. Als die Schokolade sich endlich komplett aufgelöst hatte, fuhr er mit der Zungenspitze über seine Zähne, auf der Suche nach den letzten Geschmackspartikeln und Spuren seines kleinen Picknicks im Felde und fühlte sich, er wunderte sich selbst, zufrieden und gesättigt. Dann griff er nach der kleinen Feldflasche, die an seinem Gürtel hing, und trank einen Schluck des leicht abgestandenen Wassers.

August hörte das tiefe Brummen des Umlaufmotors, bevor er seine Quelle erblicken konnte. Weit entfernt, in der Richtung nicht zu bestimmen und alles andere zunehmend überdeckend, waberte es dumpf und hypnotisierend in der sommerlichen Luft des Schlachtfelds. Klang zunächst noch wie ein fetter, schwarz glänzender Käfer, der langsam durch einen sommerlichen Garten taumelt, so langsam, als würde er jeden Moment hinabfallen, schwoll aber von Sekunde zu Sekunde an. Das Brummen wurde stärker und bald konnte August deutlich hören, dass es sich ihm von hinten näherte.

Schnell war er sich gewiss, dass es sich um eine Rotte Flugzeuge handeln musste, die direkt auf den Frontabschnitt zusteuerte, in dessen Mitte er seinen unfreiwilligen Aufenthalt verbrachte.

6 *Fieber*

Le vent nous portera.
Noir Désir

Es war spät und fast schwerelos stoben die dicken Schneeflocken vor dem Fenster in alle Richtungen, taumelten durch das unergründliche Schwarz der Nacht und legten sich sanft auf das Fenstersims aus grobem Basalt in der Stirnseite des Giebels – der einzigen Tageslichtquelle seiner Dachkammer. In der Ecke glühte ein Ofen, den August regelmäßig mit Holz befeuerte. Davor hatte sich sein Hund zusammengerollt und döste, die Schnauze zwischen den Hinterbeinen, die Rute darüber, schon den ganzen Tag.

August hatte seine Unterarme auf dem Fensterbrett verschränkt, das Kinn auf den Händen, er kniff die Augen zusammen und starrte hinaus in die Dunkelheit und die Weite der tanzenden Schneeflocken. Im Rhythmus, mit dem der Atem aus seinen Nasenlöchern strömte, bildete sich auf der Glasscheibe ein grauweißer Schleier aus Atemluft, und an den Rändern der Scheiben wuchsen kleine Eisblumen. Neben seinem Kopf stand ein Zinkbecher, in dem eine Zigarette glühte, deren Rauch in der warmen Luft des Zimmers gerade nach oben stieg, sich auf der Höhe seines Kopfes kräuselte, um sich schließlich zu verteilen und in der Zimmerluft zu verlieren.

August nahm einen letzten, tiefen Zug und drückte die Zigarette aus.
Er erhob sich von dem Holzstuhl, den er an das Fenster geschoben hatte, ging zum Ofen und hockte sich zu seinem Hund. Mit der rechten Hand kraulte er dessen Kopf, während er mit der anderen Hand ein Holzscheit aus dem eisernen Korb nahm, den er am Nachmittag nach oben getragen hatte. Er schlug mit dem Scheit leicht auf den Griff der Ofentür, sodass sie sich entriegelte und ein kleines Stück weit aufschwang. Er klemmte das Holz unter die Tür und hebelte sie ganz auf. Hitze schlug ihm aus der glühend roten Öffnung ins Gesicht und er drehte den Kopf zur Seite. Geschickt und mit dem passenden Maß an Schwung warf August das Holzscheit ins Feuer. Funken stoben auf, es knisterte, und er nahm ein weiteres Scheit aus dem Korb, mit dem er die Tür auf die gleiche Art schloss, auf die er sie eben geöffnet hatte.
Er atmete tief ein, um die unerbittliche Klammer, die sich in diesem Moment um seine Brust legte, verschwinden zu lassen, und Feuchtigkeit lief aus seinen Augen über die Ränder der Lider und in glasklaren Tränen die Wangen hinab. Er räusperte sich, wischte mit seinem Handrücken durch sein Gesicht, zog seine Nase kräftig hoch und küsste den Hund auf die Schnauze. Dann stand er auf und verließ das Zimmer, um nach unten in das Schlafzimmer seiner Mutter zu gehen.
Der Husten hatte im Juli begonnen. Zunächst waren sie nicht verwundert, denn in der trockenen und staubigen Luft des Sägewerks, in der sich Augusts Mutter täglich aufhielt, war dergleichen nichts Ungewöhnliches. Der feine Holzstaub legte sich auf alles und jeden in der Halle, drang in die Ritzen, überzog es mit einem hellbraunen Schleier und stob auch in die

Lungen und Bronchien derer ein, die hier arbeiteten. So hatten sie dem trockenen, bellenden Husten keine besondere Bedeutung beigemessen. Bis Mitte September das Fieber kam.
Als August eines Morgens die Stiegen seiner Dachkammer hinabgegangen war und die Tür zur Küche aufgestoßen hatte, fand er den Herd noch warm vom Vorabend, doch ohne Feuer. Auf dem Tisch standen keine Tassen, kein Wasser dampfte im Kessel über dem Feuer, und die Katze strich maunzend um seine Beine und forderte ihre morgendliche Portion verdünnte Milch. August hatte nach seiner Mutter gerufen, keine Antwort bekommen und so zunächst leise, dann kräftiger an die Tür ihrer Schlafkammer geklopft. Hatte die Klinke sanft hinabgedrückt, die Tür einen Spaltbreit geöffnet und dann, im Schein einer fast heruntergebrannten Kerze, das fieberglühende und schweißnasse Gesicht seiner Mutter gesehen. Flach atmend und mit geschlossenen Augen lag sie unter ihren Decken, und August war sogleich zurück in die Küche gelaufen, hatte eine emaillierte Schüssel aus dem Schrank genommen und sie an der Pumpe vor der Tür mit kaltem Wasser gefüllt, in das er zwei Leinentücher tunkte, um sie seiner Mutter auf die fiebrige Stirn zu legen.
Der Arzt traf etwa zwei Stunden später ein. Inzwischen hatte August am Bett seiner Mutter gewacht und ihr unablässig die Stirn gekühlt. Nachdem der Arzt einen Stuhl an das Bett gezogen hatte und ihn bat, das Fenster ein wenig zu öffnen, verließ August den Raum, um in der Küche zu warten. Dort heizte er den Herd ein, stellte Wasser auf. Auf der Ofenbank lagen Jacke und Mütze des Arztes. August breitete sie aus, sodass sie etwas von der Wärme für den Rückweg speicherten.

Nach einer halben Stunde öffnete sich die Küchentür und der Arzt trat in den Raum. Er ging schweigend zum Herd, hielt seine Hände über die Platte, nahm den Kessel und schüttete sich Tee in der Tasse auf, die August für ihn bereitgestellt hatte. Bevor er sich an den Tisch setzte, nahm er einen Tabakbeutel aus seiner Jacke und begann konzentriert, seine Pfeife zu stopfen. August beobachtete, wie er den Kopf der Meerschaumpfeife bearbeitete, ohne aufzublicken, und drehte sich selbst eine Zigarette. Schließlich klemmte der Arzt die Pfeife zwischen seine Zähne, riss ein Streichholz an, das er zunächst August hinhielt, und befeuerte dann die Pfeife. Er paffte saugend und hüllte sich vollends in eine süße Wolke aus Tabakqualm. Als die Pfeife ausreichend brannte, atmete er tief aus und sah dem Jungen unverwandt in die Augen. Die Pupillen des Arztes mussten einmal hellblau und klar wie das Wasser im Bach hinter dem Haus gewesen sein; nun mischte sich in das ergrauende Blau ein bräunlich gelber Ton, der die Augen des Mediziners alt und stumpf aussehen ließ.
Eine Sekunde, bevor der Mediziner das Wort Schwindsucht direkt und leidenschaftslos in Augusts Angesicht sprach, wusste der es bereits. Hatte es in den Augen des Doktors gesehen, der daraufhin schweigend seinen Blick niedergeschlagen und an seiner Pfeife gesogen hatte.
Das war vor drei Monaten geschehen, und als August an diesem kalten Wintermorgen nun die Stiegen der Treppe zur Küche hinabstieg, um nach seiner Mutter zu sehen, hatte er die achte Nacht in Folge an ihrem Bett verbracht, hatte ihre Hand gehalten, ihre Stirn gekühlt, ihr die spröden und eingerissenen Lippen mit Wasser benetzt; hatte ihren Oberkörper bei den zahlreichen Hustenanfällen gestützt und ihr eine Schale unter

das schweißnasse Kinn gehalten, wenn sie sich von den Hustenkrämpfen blutig erbrach. Erst am Morgen gab er seine Wache auf, um den Platz am Bett für seine Tante freizumachen, die schon bald nach der Diagnose angereist war und sich die Pflege mit August seither teilte. Schon nach einer Stunde unruhigen Schlafes war August jedoch wieder erwacht, hatte sich ans Fenster gesetzt, in die Leere und das Gewirbel der Schneeflocken geblickt und beschlossen, nach unten zu gehen. Getrieben von der Angst, nicht am Bett seiner Mutter zu sein und ihr die Hand zu halten, wenn sie sich verabschiedete.

Seine Tante saß im Stuhl und las im Schein einer Kerze flüsternd aus einem Buch. August konnte nicht erkennen, welches es war. Als sie ihren Neffen bemerkte, schlug die Tante das Buch zu, doch nicht ohne ihren Finger an der Stelle zu belassen, an der sie im Text unterbrochen worden war, und drehte sich zu ihm um. Sah ihn aus müden Augen an, lächelte fein und nickte ihm leicht zu. August betrat den Raum und setzte sich behutsam auf einen Schemel am Fußende des Bettes.

Seine Mutter lag auf dem Rücken, die Arme neben dem Körper ausgestreckt, die Augen geschlossen, auf ihrer Stirn ein feuchtes Tuch. Sie atmete gleichmäßig und sah unendlich friedlich aus. August blickte ihr unverwandt ins Gesicht, und seine Tante begann erneut, aus dem Buch zu lesen. Nach einigen Zeilen erkannte August den Text. Er selbst hatte das Buch seiner Mutter im letzten Jahr geschenkt. Es erzählte die Geschichte eines Birnbaums, eines mörderischen Dorfwirtes und seiner habgierigen Ehefrau und war eine leidlich gute Kriminalerzählung, jedoch kurzweilig und tiefgründig geschrieben. August verschränkte die Arme auf dem erhöhten Fußende des Bettes und legte seinen Kopf darauf. So lauschte er der

gleichmäßigen Stimme seiner Tante und fiel schnell in einen leichten Schlaf, während sich die vorgelesenen Zeilen des Buches mit seinen Träumen vermischten.
Seine Mutter starb an diesem Morgen. Etwa eine Stunde nachdem August in das Zimmer gekommen war, schlug sie unvermittelt die Augen auf und rief leise seinen Namen. Er erwachte sofort und ging zum Kopfende des Bettes. Die Tante legte das Buch beiseite und August nahm die rechte Hand der Mutter zwischen seine Hände. Anstrengungen, Krankheit und Fieber hatten sich in ihr Gesicht gebrannt, sie war bleich und auf ihrer Haut lag ein zarter Film fiebrigen Schweißes. Doch noch immer erkannte man, dass sie eine hübsche Frau und unverkennbar Augusts Mutter war. Ihre Augen lagen tief in den Höhlen, die Lippen hatten sich über die Zähne zurückgezogen und die Wangen waren eingefallen – die feinen Züge ihres schmalen Gesichts waren jedoch noch nicht vollends verschwunden.
Ihr Blick war klar und fest. Sie sah August an und ein kurzes Lächeln umspielte ihre Mundwinkel. Das Lächeln, das ihm so vertraut war und sie ihm stets schenkte, wenn er als Kind erhitzt und durstig in die Küche gestürmt war und sie an dem großen, hölzernen Tisch saß, vor sich die Unterlagen und Bücher des Sägewerks. Wenn er dann die Tür aufstieß, ließ sie kurz von ihrer Arbeit ab, legte den Bleistift nieder und lächelte ihn an. Sagte nichts, lächelte nur. Beobachtete, wie er einen großen Schluck Wasser aus dem Glas nahm, das für ihn auf der Anrichte bereitstand. Lächelte, wenn er zu ihr kam, damit sie ihn küssen konnte, bevor er wieder aus dem Raum lief. Und wenn er die Tür hinter sich zuschlug, was er meist vergaß, sah sie ihm noch einige Sekunden nach, bevor sie schließlich erneut den Bleistift in die Hand nahm.

„August."
Sie nahm ihre Hand aus seinen Händen, legte sie auf seinen Nacken, zog ihn zu sich hinab und er ließ sein Haupt federleicht auf ihren Lippen ruhen, während sich um seine Kehle eine unerbittliche Kälte schloss und ihm salzige Tränen in die Augen stießen. Seine Lider waren geschlossen und er spürte den vertrauten, aber schwachen und heißen Atem der Mutter in seinem Gesicht.
Spürte ihn, bis ihre schlanken, immer noch wunderschönen Hände langsam und leicht von seinem Nacken glitten und auf ihren Brustkorb fielen. Spürte ihn, bis nach der Kühle zwischen den Atemzügen der Mutter kein warmer Wirbel mehr über seine bebenden Lippen und Wangen strich. Spürte ihn, bis seine Tante sanft ihre Hände auf seine Schultern legte, ihn behutsam aufrichtete, in ihre Arme schloss und sich mit ihm in einem unhörbaren Takt zu wiegen begann, während er sein Gesicht in die warme, so barmherzig duftende Grube zwischen ihrem Hals und ihrer Schulter legte.

7 *Asche*

D. am 26. November 1916

Geliebter Vater,
ich hoffe, es geht Dir gut und dieser Brief benötigt nicht allzu lange, um Dich zu erreichen, und Du empfängst ihn bei guter Gesundheit. Ich bin unendlich traurig, Dir schreiben zu müssen, dass Mutter gestorben ist.
Gestern, am 25. November 1916 um die Mittagsstunde, ist sie in meinem Beisein in ihrem Bett eingeschlafen. Die Krankheit hat ihr während der letzten Monate mehr und mehr Kraft geraubt, und ich bin froh, dass Tante O. den langen Weg zu uns ins Tal gekommen ist, um Mutter zu pflegen und mich in den vielen Dingen, die ich nicht zu tun vermochte, zu unterstützen.
O. saß ebenfalls an Mutters Bett, als sie starb. Ich wusste, dass es so kommen würde, und doch habe ich noch immer nicht richtig begriffen, dass sie nicht mehr da ist. Sie liegt, während ich in der Küche diese Zeilen an Dich schreibe, im Zimmer gegenüber in ihrem Bett. Wir haben sie gekämmt und ihre Hände auf der Brust gefaltet. Die Augen waren schon verschlossen. O. hat ihr ein helles Kleid angezogen.
Ich habe mich entschieden, Mutter für zwei Tage in der Kirche aufbahren zu lassen, bevor sie zu Großvater ins Grab gelegt wird. Die Beerdigung wird also wahrscheinlich am 29. November sein. Ich möchte einen Fotografen aus der Stadt kommen lassen, damit er ein Foto von Mutter machen kann, das ich Dir per Post senden

werde, da Du ja doch nicht rechtzeitig nach Hause kommen kannst. Ich weiß nicht, ob das in Deinem Sinne ist, trotzdem will ich es tun. Ich weiß nicht, ob Du versuchen kannst, Dich auf Heimaturlaub schicken zu lassen. Sicher wirst Du es nicht zur Beerdigung schaffen, die notgedrungen keinen Aufschub duldet, aber vielleicht lässt man Dich doch für ein paar Tage in die Heimat. Ich habe Dir aus diesem Grund eine Abschrift des Totenscheins beigefügt, damit Du ihn bei Deinen Vorgesetzten vorlegen kannst. Ich weiß nicht, ob es funktionieren wird.

Mehr als das kann ich Dir im Moment nicht schreiben. Mein Kopf ist leer, meine Augen brennen und meine Schläfen pochen. Ich gehe nun in die Stadt, um diesen Brief abzusenden, damit er Dich so schnell wie möglich erreicht. Ich hoffe, der Spaziergang an der kalten Luft hilft mir, meine Gedanken ordnen zu können.

Mach Dir keine Sorgen um mich.

Dein A.

8 Eis

Heaven kicked you out.
Therapy „Nowhere"

Mutter war immer da. Wie das stetige Aus und Ein meines Atems, der Regen, die Sonne, die Wolken und der Nebel, wie der rauschende Herzschlag in meinen Ohren, wenn ich abends im Bett lag und auf den Schlaf wartete. Mutter war der beiläufige Griff an meinen Unterarm, wenn sie sich an mir vorbei durch die Tür schob; war die Hand an meinem Rücken, wenn sie hinter mir stand; war der Blick über den Rand ihrer Brille, wenn ich den Raum betrat; war das sanfte Ermahnen, wenn ich übertrieb; die stumme Bestätigung, wenn sie zufrieden war. Wenn ich ging, blieb sie; wenn ich kam, war sie da.

Vater war immer da. Wie das stetige Aus und Ein meines Atems, wie der Regen, die Sonne, die Wolken und der Nebel, wie der rauschende Herzschlag in meinen Ohren, wenn ich abends im Bett lag und auf den Schlaf wartete. Vater war der kalte, würzige Pfeifenrauch in allen Räumen, war Taschenmesser, Notizbuch und Tabakbeutel auf der Küchenanrichte am Abend, war die Tasse Kaffee mit dem Zuckerstück auf der Untertasse am Morgen. Vater war die kurze, schwere, schwielige Hand auf meiner Schulter, wenn er zum Mittagstisch in die Küche kam und mich begrüßte; war das kaum wahrnehmbare Nicken, wenn wir gemeinsam im Sägewerk die Bohlen aus dem Gatter hoben. Vater war der kurze Blick über die Schulter, als er vor elf Monaten das Haus verließ. Wenn ich ging, blieb er; wenn ich kam, war er da.

Wenn ich jetzt in die Wohnstube gehe, trifft mich die bleierne, schwere Kälte der Abwesenheit. Weil kein Feuer brennt, weil niemand da ist, der mich begrüßt. Niemand da ist, um bei mir zu sein, mich zu verabschieden, auf mich zu warten. Ich gehe durch das Haus und blicke auf unbenutzte Betten, in unbenutzte Tassen, über ungetragene Schuhe in Reih und Glied. Ich klopfe an verschlossene Zimmertüren, hinter denen niemand wartet. Ich gehe durch Türen, die niemand schließt. Höre kein Räuspern im Nebenraum, kein vertrautes, leises Murmeln einer Unterhaltung. Keine Diele knarzt, wenn nicht ich es bin, der auf sie tritt; kein Fenster wird geöffnet, wenn nicht ich es bin, der es öffnet. Das Regenwasserfass im Garten läuft über, weil niemand Gießwasser entnimmt, und die Standuhr im Wohnzimmer steht, weil ich vergesse, sie aufzuziehen. Nur das Sägewerk rattert seine eintönige Melodie der singenden

Sägeblätter weiter und weiter. Schnitt für Schnitt, Stunde für Stunde, Tag für Tag. Als wäre nichts geschehen.
Die Entscheidungen, die vorher Vater und Mutter getroffen haben, übernimmt nun D. Ich kann es nicht. Das Einzige, was mich am Sägewerk interessiert, ist sein stetiges, nimmermüdes Auf und Nieder der Sägeblätter; meine Muschel voll beruhigenden Brandungsrauschens, mein Immerda und Niemalsfort, meine Illusion der Beständigkeit und ewiger Kindheit. Der Daumen in meinem Mund, meine Höhle, meine Tarnkappe, mein Narkotikum, das mich in die wenigen Minuten Schlaf wiegt, in die ich nur am Tage und viel zu selten finde.
Und wenn ich schlafe, dann träume ich. Träume meinen Vater mit seiner groben, blau verwaschenen Jacke im Tor des Sägewerks, die abgekaute, kalte Pfeife im Mundwinkel, die Hände hinter dem Rücken verschränkt, die Augen leicht zusammengekniffen, den Blick unbestimmt in die Ferne gerichtet – wie immer, wenn er mit den Gedanken abschweift. Ich träume meine Mutter. Sie steht mit locker zusammengebundenen Haaren im Hof, in der linken Hand einen Korb – ich kann nicht erkennen, was darin ist. Sie spricht mit D. über die kommende Holzlieferung, über mich oder über das bevorstehende Wochenende, während sie beiläufig mit ihrer rechten, wunderschönen kleinen Hand G. zuwinkt, der mit seinem klapprigen Fuhrwerk, die schwarze Kaltblutstute im Kummet, gerade den Weg am Haus vorbeizockelt. Im Mundwinkel eine billige, stinkende Zigarre, seine schweren, eisenbeschlagenen Stiefel stehen auf dem Schild vor dem Kutschbock und er nickt Mutter freundlich zu.
Dann, eines Tages, nach einem erneut viel zu kurzen Schlaf und in der Agonie des Erwachens, weiß ich, dass ich gehen

muss. Weiß, dass ich das alles hier hinter mir lassen muss. Die Leere, die Schlaflosigkeit, die Trauer, die Abwesenheit und die Kälte. Die Abgeschiedenheit und die Unausweichlichkeit des Tals, das Haus, Lotte, ihre Wärme und ihre Zuneigung, das narkotisierende Sägen, das duftende Holz, den verwunschenen Wald, den Hund, seine bedingungslose Treue, sein weiches, schützendes Fell. Weiß, dass ich mich aus diesem verwelkten, hoffnungslosen Idyll schneiden und mich von der vergilbten Leinwand des Stilllebens meiner Kindheit radieren muss, um allein, frei und losgelöst zu sein. Denn alles andere ist vorbei. Regungslos liege ich da, meine Glieder sind schwer, mein Mund ist trocken und meine Augen vom Schlaf noch so irritiert, dass ich mein Zimmer nur schemenhaft erkennen kann. Ohne mich zu bewegen, nicht einmal meine Lider zucken, treffe ich eine Entscheidung, die so naheliegend und doch so unerhört zugleich ist. Die ab jetzt meine Gedanken antreibt und mich beherrscht. Zu jeder Zeit. Ich verbiete mir den Blick zurück und richte ihn auf meine Füße, meine Hände, auf mein Jetzt. Während das Reiben der Sägeblätter, das Rauschen der Baumwipfel und das Gurgeln des Baches seltsam dumpf und fern in den Hintergrund entschwinden und die Sonne warm und direkt in mein Gesicht scheint, so sehr, dass ich es kaum ertrage, entschließe ich mich, in den Krieg zu gehen.

9 Vögel

I've watched you fly on paper wings
halfway around the world.
Rise Against „Paper Wings"

Das Brummen der Flugzeugmotoren wurde lauter, und plötzlich sah August, der noch immer leidlich bequem an der Flanke seines Kraters lag, wie eine deutsche Alarmrotte in Pfeilformation über den Wipfeln der wenigen Kiefern hervorbrach, die hinter den deutschen Gräben standen und deren Spitzen er gerade so über dem Rand des Kraters erspähen konnte. Es schien, als seien sie direkt hinter den Bäumen gestartet und würden die Wipfel der Bäume nun fast streifen. Unmittelbar vor dem Wäldchen sanken sie wieder hinab, verließen Augusts Blickfeld für wenige Augenblicke, um schließlich in Formation nahezu senkrecht nach oben zu schießen, auf die englischen Flieger zu. August zählte die Sekunden und noch bevor er die Zehn erreichte, bellte das erste Maschinengewehr am Himmel, weitere fielen kurz darauf in das beißend scharfe Stakkato ein. Die beiden feindlichen Verbände hatten sich fast über Augusts Versteck, dem Streifen Niemandsland, getroffen und begannen ihren Todestanz, den August schon einige Male zuvor beobachtet hatte.

Vor dem Krieg hatte August mit seinen Schulkameraden in den Pausen oder ganze Nachmittage mit hitzigen Wangen über das Fliegen diskutiert. Sie hatten jeden Schnipsel Papier, jeden Buchstaben, jedes Bild, das sich mit dem Thema befasste, gesammelt, gehortet, wieder und wieder gelesen und mit den anderen getauscht. Bei jeder Gelegenheit steckten sie die Köpfe zusammen, sei es, weil jemand eine aufregende Neuigkeit aus der Zeitung kannte oder ein anderer von einem entfernten Bekannten zu berichten wusste, der letzthin bei der und der Gelegenheit leibhaftig in einer Flugzeugkanzel gesessen habe. Ihren Höhepunkt erreichte die Schwärmerei, als sich eines Tages – mit einem großen, bunt gemalten Plakat am Dorfplatz – ein Flieger samt seiner Maschine ankündigte. Der wollte in der darauffolgenden Woche am Soundsovielten um soundso viel Uhr sich, sein Flugzeug und einige Kunststücke vor Publikum präsentieren und – freilich gegen Bezahlung – Passagierflüge über die nahe Gegend anbieten. Und obwohl nicht nur die realistischen Köpfe hinter den Flaumbärten wussten, dass sie den Preis dafür niemals würden zahlen können, wagte sich der ein oder andere Mutige, noch am gleichen Tag Mutter und Vater nach einer Finanzspritze für dieses Abenteuer zu fragen – erntete dafür jedoch nur schallendes Lachen, unmissverständliche Gesten oder eine Kopfnuss. Allein K., ein Klassenkamerad Augusts, der drei Bänke vor ihm saß und von dem August wusste, dass er ohne Vater, allein mit seiner Mutter und in ärmlichen Verhältnissen aufwuchs, erzählte so inständig von seinem bevorstehenden Flug, dass die anderen bald nicht mehr als ein ungläubiges Kopfschütteln für ihn übrighatten und er sich in den verbleibenden Tagen bis zum großen Ereignis zum Gespött des Schulhofs machte.

An besagtem Spätsommermittag, die Jungs hatten die Frühmesse geschwänzt und saßen nun seit den Morgenstunden in Reih und Glied auf einer alten Mauer unweit des besagten Feldes, ließen ihre flaumigen Beine baumeln und teilten sich Zigaretten, wurde die Luft ganz plötzlich und flüsternd, ganz sachte und weit entfernt von einem sonoren Brummen erfüllt. Wie von der Tarantel gestochen glitten die Jungs in einer einzigen fließenden Bewegung von ihrer Mauer, rannten los, während das Brummen lauter und lauter wurde, liefen rückwärts in das Feld, die Hände an die Stirnen gelegt, die Blicke sonnenwärts. Und aus dem gleißenden Licht schälte sich mit einem Mal die winzige, tiefschwarze Silhouette eines Eindeckers. Zunächst nicht mehr als eine zarte Ahnung und vom Sonnenlicht fast komplett überstrahlt, in keinem Bezug zu dem Geräusch, das knatternd und satter immer näher kam. Dann, langsam und mit unwiderstehlicher Macht, nahm das Motorengeräusch den Spätsommerhimmel in Besitz, wurde proportional zum Anwachsen der Silhouette mehr und mehr zu einem satten, feuchten, labialen Dröhnen. Es sog die Sommerluft in den gierigen Vergaser des Vierzylinder-Reihenmotors auf der Schnauze der Maschine und warf sie sodann feurig, schwarz und verbrannt aus den kurzen, glühenden Abgasrohren an den Zylinderköpfen. Schließlich, als die Maschine nach stetigem Sinkflug endlich für einen einzigen, winzigen Augenblick unmittelbar über den Jungs still in der Luft zu stehen schien, wurde das Dröhnen allumfassend und total. Nur, um daraufhin unglaublich laut, unglaublich nah und unglaublich tief über ihre Köpfe hinwegzudonnern, sodass die Kinder rücklings ins Feld plumpsten und mit dem kühlen Luftzug auf ihrer heißen Stirn eine Sekunde glaubten, das Gesicht des Piloten zu erkennen.

Sogleich folgten sie dem Flug der Maschine mit ihren Augen, sahen eben noch, wie sie, gleichsam als grüße sie, aus der Waagerechten einmal nach links, einmal nach rechts wippte, dann erneut an Höhe gewann und dem Wald am jenseitigen Ende des Feldes entgegenstieß. Spürten, wie das Motorengeräusch fast augenblicklich abriss, von ihren Trommelfellen verschwand und wie an einer unsichtbaren Schnur aus ihren Gehörgängen gezogen wurde. Sie sprangen auf und wandten sich um, legten die Hände erneut an die Stirn und sahen zu, wie die Maschine nun in einem extremen Steigflug über dem Wald aufstieg, dabei eine ausladende Linkskurve beschrieb, an deren Scheitelpunkt schließlich über die linke Tragfläche wegkippte, einen extremen Sinkflug begann, sich kurz über den Baumwipfeln in die Waagerechte auspendelte und erneut auf sie zukam, um dann hinter den Bäumen wieder tiefer zu gleiten und endlich mit ein, zwei, drei Hopsern auf dem Feld aufzusetzen. Abermals schwoll das Brummen des Motors an, trieb den kreiselnden Holzpropeller vor sich her und das Flugzeug rollte, die Nase zum Himmel gewandt, auf die Jungs zu. Der Propeller drehte sich mit hoher Geschwindigkeit und die optische Täuschung der Rotation ließ sie glauben, das hölzerne Flügelrad drehe sich mal mit, mal gegen den Uhrzeigersinn. Endlich wurde der Propeller langsamer und als seine Schwungkraft nicht mehr ausreichte, federte er gegen den Widerstand des Kolbenhubs zurück, pendelte aus und blieb, nachdem der Pilot die Maschine unweit der Jungs zum Stillstand gebracht hatte, nahezu senkrecht stehen.

In der vorderen Kanzel erhob sich der Pilot, schob seine Fliegerbrille in die dreckige Stirn, direkt unter den Rand seiner ledernen Mütze, und schwang zunächst eines, dann das zweite Bein über den lederbekränzten Rand der Kanzel. Stand sodann auf der Tragfläche und nahm die Mütze vom Kopf, unter der sein tiefschwarzes Haar zum Vorschein kam. Letzteres hatte er von seinem Vater geerbt, dessen Schopf wiederum bis zu dessen achtzigstem Geburtstag, den er zufrieden im Kreise seiner Familie im Garten seines Hauses an der deutschen Nordseeküste feierte und an dem er in den sonnigen Abendstunden auf einer Gartenbank verschied, die kalte Pfeife zwischen den Zähnen, nicht das geringste Anzeichen eines grauen Haares gezeigt hatte. Sein Sohn, der Pilot, warf nun Mütze und Brille in die Kanzel, sprang von der Tragfläche in die Stoppeln des Feldes und schritt auf die Jungs zu.

Die standen aufgereiht mit roten Wangen, offenen Mündern und großen Augen in sicherer Entfernung und konnten kaum fassen, was gerade geschah. Und dann sah August, dass sich sein Freund K. aus ihrer Phalanx löste und zaghaft mit ein, zwei kleinen Schritten, dann schneller und schneller seine abgewetzten schwarzen Schnürschuhe Schritt um Schritt in den Ackerboden rammte und auf den Piloten zulief, der nun seine Arme ausbreitete, einen Kniefall vollführte und sein rechtes Knie samt blitzsauberer Pumphose in geschnürten Stiefeln in den dreckigen Acker drückte und wartete, bis der rennende, nunmehr schluchzende K. in ihn einschlug, woraufhin der Pilot augenblicklich seine Arme um den Oberkörper des Jungen schlang, der jetzt mit bebendem Körper sein Gesicht im Fellkragen der Fliegerjacke verbarg.

Diesen Tag, an dem K. seinen Vater zum ersten Mal sah, den Vater, von dem er immer wusste, der ihm wenige Wochen zuvor einen Brief geschrieben hatte, in dem er ankündigte, er käme, nähme ihn sogar mit auf eine lange Sommerreise, diesen hoffnungsvollen Tag im Spätsommer würde August nie vergessen. Würde nicht vergessen, wie der Pilot, der wahrhaftig K.s Vater war, die Jungen, noch bevor die ersten Zuschauer aus dem Dorf kamen, einzeln und nacheinander in die hintere Kanzel seines Eindeckers hob, mit ihnen eine Runde über das Wäldchen und hin zum Fluss flog, ein Stück dessen Lauf folgte und dann jenseits des Tales eine großzügige Kurve anriss, sodass sich die Maschine stark zur Seite neigte und zur Landebahn zurückkehrte. Würde nicht vergessen, wie sein Magen während des Fluges bittersüß kribbelte, sich die feinen blonden Haare seiner Unterarme aufstellten und ein wohliger Schauer seinen Körper überfloss, wenn der Pilot die Drehzahl des Triebwerks gurgelnd erhöhte; wie ihm die Haare peitschend und schmerzend in Stirn und Augen schlugen und wie er bei jedem Hüpfer, den das Flugzeug bei der Landung vollführte, kurz von seinem stoffriemenbespannten Sitz abhob; wie schließlich am nächsten Morgen, als der Bodennebel über die Stoppeln des Felds waberte und an den Spitzen der Grashalme fette Tautropfen standen, in denen sich die Welt wie in einer Glaskugel fing, die Maschine mit erhobener Nase anfuhr und abhob. In der vorderen Kanzel saß K.s Vater, in der hinteren K., auf den Knien einen Leinensack mit seinem Gepäck, die Hand zum Abschied erhoben.

*

Als sich Augusts Blick wieder klärte, sich seine Pupillen verengten und aus seinem Graben hinaus den Himmel erneut fokussierten, vollführten die Piloten dort, einer geheimen Choreografie folgend, bereits seit einigen Minuten ihre Kampfmanöver am Himmel. Stießen senkrecht in das Blau, um sich kurz darauf über die Nase fallen zu lassen und im Sturzflug ihren Gegner zu jagen. Rollten seitwärts, ließen sich über ihre Flügel nach unten kippen und wanden sich in Loopings um eine imaginäre Querachse. Alles untermalt vom gurgelnden Brummen der Stern- und Reihenmotoren und den knatternden Schüssen der Maschinengewehre.

Bald hatten die britischen Flieger einen ersten Erfolg zu verzeichnen und eine der deutschen Maschinen trudelte gleichsam führerlos und nahezu lotrecht dem Boden zu. August war sich sicher, dass der Pilot von einer Kugel getroffen worden war, da er keinen Schaden an dem Flugzeug entdecken konnte. Das fiel schneller und schneller, begleitet von einem anschwellenden Heulen, und August betrachtete den Sturzflug fasziniert, bis die Maschine schließlich senkrecht hinter der jenseitigen Kante seines Grabens verschwand.

Flugzeugabstürze hinter der Front waren für alle Seiten und Beteiligten stets ein besonderes Ereignis, und wurde ein solches

Unglück vom Boden beobachtet, schossen verschiedene Parteien aus allen erdenklichen Startlöchern, um sich ihren Vorteil an dem Absturz zu sichern. Aus der Etappe und den nahe gelegenen Fliegerhorsten jagten Automobile zum vermuteten Absturzpunkt, in der Hoffnung, ein möglichst intaktes Flugzeug samt wertvoller Informationen zur gegnerischen Technik oder gar einen mehr oder minder lebenden Piloten zu finden oder zu retten. Bewohner der nahen Umgebung oder müßiggängerische Soldaten machten sich ebenso zu Fuß oder mit dem Fahrrad auf – wertvolle Teile und Materialien der Maschine, Devotionalien jeder Art oder in den ärgeren Fällen persönliche Gegenstände des gewiss verstorbenen Piloten im Blick.
Das Bild, das sich den Ankommenden bot, war zumeist furchtbar. Erstaunlicherweise waren Explosionen und Brände des Flugzeugwracks nicht häufig, vielmehr stellte sich eine Absturzstelle fast immer als ausgedehntes Trümmerfeld dar. Die Flugzeugkörper waren – zumindest zu Beginn des Krieges – noch vornehmlich aus Holz gefertigt, und so fanden sich vor allem Holzsplitter in allen Größen – feinstaubiges Mehl, fingergroße Splitter, beinlange, nahezu intakte Spanten, teilweise noch mit der getünchten Leinwand versehen, mit denen man die Flugzeuge bespannte. Dazwischen die wenigen metallenen Teile des Flugzeugs und des Motors – oftmals glühend heiß – und als metallener Findling im Trümmerfeld das Triebwerk selbst, ausgelöst aus dem Flugkörper wie sein schweigendes, eisernes Herz. Irgendwo darunter, dazwischen, intakt, verteilt, verrenkt, verbrannt oder zerschmettert der Pilot, hatte er nicht noch Willen oder Gelegenheit gefunden, sich aus seiner Maschine zu werfen. Nicht wenige der Piloten setzten sich im Angesicht eines unausweichlichen Absturzes zudem den Lauf

ihrer Pistole an Schläfe, Stirn oder zwischen die Zähne und entschieden sich für ein schnelles Ende, wenn sie sich selbst und ihre Maschine unrettbar verloren glaubten.
August selbst hatte ein solches Bild bisher nicht zu Gesicht bekommen, und nachdem er den abstürzenden deutschen Flieger aus den Augen verloren hatte, wandte er seine Augen erneut zum Himmel, um dem weiteren Verlauf des Luftkampfes zu folgen. Die Maschinen hatten sich im Laufe des Gefechts weiter über den Himmel verteilt und waren nicht mehr mit einem Blick zu erfassen. Es schien, als habe sich ihre Zahl bereits deutlich reduziert, und August zählte nur knapp mehr als eine Handvoll Flugzeuge am Himmel. Ob die übrigen das gleiche Schicksal wie den deutschen Piloten ereilt hatte, wusste August indes nicht zu sagen. Er folgte den Kreisen und Figuren der Flieger am Himmel noch eine Zeit lang, bis sie schließlich vollends aus seinem Blickfeld verschwanden.
Und dann, von einer auf die andere Minute, schlug der Himmel auf einmal von sattem dunklen Blau zunehmend in ein blaues Schwarz um und nur am Horizont tauchte die tiefe Sonne noch einen schmalen Streifen hinter den dichten Wolken in ein zartes Orange – so leicht, dass es nicht mehr als eine sanfte Ahnung war.

10 *Staub*

Entre la guerre et l'amour je choisis les deux.
Danse Macabre „Phoenix, Part 2"

An diesem Morgen war August in aller Frühe aufgestanden und hatte sich, einen großen und prall gefüllten Leinensack auf dem Rücken, auf den Weg in die rund zehn Kilometer entfernte Stadt gemacht, um den Zug in eine südwestlich gelegene Stadt zu erreichen, in der die Kaserne stand, der er laut Gestellungsbefehl für seine Ausbildung zugeteilt war. Seitdem der Brief mit der offiziellen Einberufung eingetroffen war, hatte er immer wieder auf das Papier gesehen, um sich Datum, Uhrzeit sowie Ort seines Dienstantritts wieder und wieder vorzusagen und nicht zu vergessen. Noch am Tag der Zustellung war er in sein Zimmer gegangen und hatte all das, was er mit in die Kaserne nehmen wollte, fein säuberlich auf dem Stuhl am Fußende seines Bettes gestapelt. Die folgenden Tage hatte er damit verbracht, die Dinge im Sägewerk zu regeln und die Verantwortung für Haus, Hof und Betrieb an den Sägewerksmeister zu übergeben.

Am Abend vor seiner Abreise brachte August seinen Hund zu Lotte ins Dorf. Im gelben Licht der Abendsonne ging er mit ihm den Weg durch das Tal, schlenderte stets ein paar Meter hinter seinem Gefährten und beobachtete, wie er hier und dort schnupperte, an denselben Bäumen wie bei jedem ihrer Spaziergänge sein Hinterbein hob und kräftige Schlucke aus dem Bach nahm. Sie ließen sich Zeit. Als sie den Laden schließlich erreichten, kam Lotte hinaus auf die Straße und sie setzten sich schweigend auf das staubige und warme Kopfsteinpflaster unter dem Ladenfenster – den Hund in ihrer Mitte, seinen schweren Kopf auf dem Oberschenkel seines Herrn. Während sie gemeinsam in die tiefer sinkende Sonne blinzelten, drehte August sich wortlos eine Zigarette, die er ohne Unterbrechung in sich hineinsog und dann im Sand der Straße vor seinen Knien sorgfältig ausdrückte. Als die Kippe erloschen war, zerrieb er den Stummel zwischen Zeigefinger und Daumen der linken Hand, sodass Tabak und Papier auf den Boden bröselten und sich seine Fingerkuppen von der Asche an der Spitze der Zigarette schwarz färbten. Er zog seine Nase kräftig hoch, winkelte seine Beine an, bis seine Fersen sein Gesäß erreichten, erhob sich und stellte sich sodann vor den Hund, der ihn aufmerksam ansah. August ging in die Knie, nahm den Kopf des Tieres in beide Hände und führte die Schnauze zuerst an seine Stirn und dann an seine eigene Nase. Er küsste abschließend das kühle, feuchte Schwarz, fuhr dem Hund mit beiden Händen ein paamal kräftig über den Kopf und bedeutete ihm mit erhobenem Zeigefinger liegen zu bleiben, bevor er sich erneut aufstellte und Lotte ansah. Sein Kehlkopf schmerzte, als dränge ein Stilett mitten hindurch, und seine Augen füllten sich mit Tränen, die seine Wimpern verkleben ließen. Lotte saß auf dem Boden und griff nun, ohne aufzusehen, mit ihrer rechten Hand nach der linken ihres Freundes und drückte sie so sehr zusammen, dass Augusts Knöchel schmerzhaft gegeneinandergepresst wurden und weiß hervortraten. Schließlich und vollkommen unvermittelt löste sich August wortlos und in einer einzigen fließenden Bewegung aus ihrem Griff, wandte sich ab und schritt von Lotte und dem Hund fort. Dabei riss er seine Augen auf, so weit er nur irgend konnte, und starrte unverwandt in den glühenden Ball der Abendsonne, bis die Tränen über seine Wangen liefen und er nicht mehr wusste, ob sie vom Abschied oder den Sonnenstrahlen auf seinen Augäpfeln rührten.

Als er nach einer schlaflosen Nacht am nächsten Morgen aufbrach, das jenseitige Ende des Dorfes bereits erreicht hatte und soeben auf die breite Allee in Richtung Stadt einbiegen wollte, vernahm er mit einem Mal ein zaghaftes Pfeifen. Er sah sich um und konnte doch niemanden entdecken. Erst als es zwischen den Ästen einer Baumkrone fast senkrecht über ihm erneut pfiff, wurde er der Gestalt gewahr, die auf dem dicken Ast einer Linde saß und ihre nackten Beine gut und gerne zwei Meter über dem Schotter des Weges baumeln ließ. August erkannte Lotte im dämmernden Licht zwischen den Lindenblättern nur an ihrem Kleid, sah er doch außer den schemenhaften Umrissen ihres Körpers nicht viel. Lotte hatte die frühe Morgensonne im Rücken, deren schwacher Schein sich in der Baumkrone hinter ihr brach und ihr Gesicht vollkommen im Schatten ließ. August blieb stehen, schwang seinen Leinensack von der Schulter und setzte ihn neben sich ab.

Als er nun den Kopf in den Nacken legte, um zu Lotte hinaufzusehen, saß sie nicht mehr dort, sondern hing mit beiden Händen an ihrem Ast und ließ sich sogleich fallen, um unmittelbar vor August zu landen. Da beide ungefähr gleich groß waren, standen sie sich nun auf Augenhöhe gegenüber, die Nasenspitzen so nahe beieinander, dass sie sich fast berührten.

In Lottes Augen sah August feste Entschlossenheit, und so verharrten die beiden einige Sekunden, bis Lotte in eine Tasche ihres Kleides griff und einen Umschlag hervorzog, den sie genau zwischen ihre Gesichter hob. Dann nahm sie den Brief und steckte ihn in die Außentasche des Leinensackes, wozu sie kurz in die Knie ging. Als sie sich wiederaufgerichtet hatte, küsste sie August je einmal auf seine Wangen, exakt unter die Augen, und dann – zum ersten und einzigen Mal – auf den Mund. Sie presste ihre Lippen auf seine, schob ihre kleine, feste Zunge behutsam nach vorne und berührte für einen kurzen elektrisierenden Augenblick seine Lippen. Als sie sich wieder von ihm löste, sprach sie leise, so leise, dass August, dachte er später an diesen Moment zurück, oft zweifelte, ob sie überhaupt gesprochen hatte:

„Du bist mein Einziges. Mein Alles."

Dann schritt Lotte zur Seite und an August vorbei, geradewegs dem Dorf zu. August drehte sich um und blickte ihr nach, sah, wie sie nach wenigen Metern hinter einer Biegung des Weges verschwand, blieb noch einige Sekunden regungslos stehen und schulterte dann erneut seinen Seesack.

Das Quietschen der Bremsen der glänzenden Dampflokomotive noch in den Ohren, setzte August seinen rechten Fuß auf das unterste Trittblech eines Waggons und zog sich mit der Linken nach oben. Die Luft roch nach dem Rauch im Schlot der Lok, nach dem Fett, mit dem die Räder und Puffer eingeschmiert waren, und nach dem trockenen Schotter im Gleisbett. Als August den Waggon durch die schmale Tür betrat, sah er, dass er nicht alleine auf seiner Reise war. Auf zahlreichen Holzbänken saßen andere junge Männer, ihre Gepäckstücke in den Netzen über den Sitzplätzen. Ihre vorsichtigen, zumeist freundlichen

Blicke verrieten August das Ziel ihrer Reise. Er nahm seinen Leinensack von den Schultern und hielt ihn mit angewinkelten Armen vor sich, um besser durch die Enge des Zuges zu gelangen. Er durchschritt einige Wagen, bis er einen freien Platz entdeckte.

Am Fenster saßen sich ein Soldat in Uniform und eine junge Frau gegenüber, die offenbar zusammengehörten, da sie sich vertraut unterhielten. Sie unterbrachen ihr Gespräch nicht, als August zwischen sie trat, um seinen Seesack nach oben in eine Lücke zwischen dem Gepäck anderer Reisender zu hieven. Neben der jungen Frau saß eine ältere, die einen Korb auf dem Schoß und ein schlafendes Kind neben sich umfasste und August freundlich anlächelte. Ihr gegenüber war der Platz neben dem Soldaten frei. Zum Gang hin schlief ein Mann in einem abgewetzten Jackett, der einen verbeulten und speckigen Hut ins Gesicht gezogen hatte und auch nicht erwachte, als August an seine Knie stieß, die recht weit zwischen die beiden gegenüberliegenden Bänke ragten. Nachdem er sein Gepäck sicher verstaut hatte, drückte er sich zwischen den Schlafenden und den Soldaten, der kurz seine Augen hob und August ins Gesicht blickte. August legte beide Hände in den Schoß und saß nun mehr schlecht als recht in der Mitte der Bank.

Unter leisem und langsamem Stampfen setzte sich der Zug bald in Bewegung und in den Fenstern zogen die körperlosen Köpfe der Menschen auf dem Bahnsteig vorbei. Hände erhoben sich zum Abschied, Blicke folgten den Reisenden. Ein paar Bänke weiter hatte sich ein junger Mann aus dem Fenster gelehnt und beugte sich tief vornüber. Dort umgriff er das Handgelenk einer jungen Frau, die dem Waggon für einige Meter nachrannte; gerade so lange, wie sie mit ihm Schritt zu halten vermochte.

Das Stampfen wurde lauter und das Schlagen der Kolben, die die mächtigen Treibräder der Lokomotive bewegten, ließ den ganzen Zug vibrieren, wurde schneller und schneller. Aus dem Schornstein der Lok quoll der Rauch zunächst schwarz, dann weiß, und in den Tunneln, die hin und wieder durch das massive Mittelgebirge getrieben waren, drang er durch die offenen Fenster ein. Auf Augusts rechter Seite wälzte sich der breite Fluss durch sein Bett und er sah Männer, die mit Angeln am Ufer standen, die Hände in den Taschen, die Blicke auf ihre Schwimmer gerichtet. Zu seiner Linken durchflog eine endlose Reihe von Bruchstein- und Fachwerkhäusern das Fenster. In unregelmäßigen Abständen hielt der Zug in einem Ort, dessen Namen August bald nicht mehr kannte; spie Menschen und Gepäck auf die Bahnsteige, nahm neue Fracht auf und setzte sich erneut in Bewegung. Da August wusste, dass sein Ziel zugleich die Endstation der Fahrt sein würde, schloss er nach einiger Zeit die Augen und ließ sich vom gleichmäßigen Ruckeln, dem monotonen Schlagen der Eisenräder auf den Schienennähten und Weichen, dem Rauschen des Fahrtwindes, dem Gemurmel der Reisenden und dem Pfeifen der Lokomotive in den Schlaf wiegen.

Die Bremsblöcke fraßen sich in die Mäntel der stählernen Räder, aus den geöffneten Ventilen entwich zischend der Dampf des Kessels und der Zug kam in einem Kopfbahnhof zum Stehen, als seine Puffer sanft an die Böcke am Ende des Gleises schlugen. Das heiße Metall knackte laut und schnell, zwischen den Rädern waberte der Wasserdampf und aus dem Führerstand lehnte sich, die schwarz verrußten Unterarme auf die eiserne Tür gelegt, eine kurze Zigarre zwischen den Zähnen, der Heizer und blickte auf die Menschen hinunter, die unablässig aus den geöffneten Türen der Waggons strömten. Sah, wie sie ihre Koffer trugen, die prall gefüllt mit Gürteln verschlossen waren; sah, wie sie ihre Kinder auf den Armen hielten oder Säcke über die Schultern legten, wie sie andere in die Arme schlossen, die auf den glatten, steinernen Platten des Bahnsteigs auf sie warteten. Dazwischen junge Männer mit suchendem Blick und großen Augen, die staunend in die Kuppel der eisernen Bahnhofshalle starrten und auf die Tauben deuteten, die sich aus dem metallenen Gebälk des Daches den Bahnsteigen entgegenstürzten.

Vom Gleis hinab und auf dem Weg zum Ausgang des Bahnhofs trennte sich die Masse. Familien hatten zusammengefunden, Soldaten in Uniform gingen nun in Gruppen und auch die Jungen mit den flaumigen Bärten, den engen Jacken und riesigen Säcken fanden einander. Einige schienen sich zu kennen und gemeinsam angereist zu sein. Andere waren allein und schlossen sich der ständig wachsenden Gruppe schweigend an, nickten scheu denen zu, die ihnen am nächsten waren, und wurden ebenso wortlos in Empfang genommen.

So gingen sie nebeneinander durch die Straßen der fremden Stadt, folgten der Beschilderung, die zur Kaserne wies, blickten abwechselnd auf die ausgebeulten Spitzen ihrer verstaubten Schnürschuhe und an die Fassaden der großen Bürgerhäuser, in deren kühlen Innenhöfen kleine Mädchen in Schürzen und Jungen in Latzhosen Reifen schlugen, Murmeln warfen oder mit Hunden balgten und nun an die großen hölzernen Tore gelaufen kamen, um dem merkwürdigen Tross der Jungen nachzublicken, in deren Gesichtern sie für einen kurzen Augenblick ihre großen Brüder zu erkennen glaubten.

Je weiter sich die Jungen vom Bahnhof entfernten, umso kleiner wurden die Häuser links und rechts der Straße. Und waren in der unmittelbaren Nähe des Bahnhofs auf den kopfsteingepflasterten Straßen noch zahlreiche Fuhrwerke, Kutschen und Automobile unterwegs, wurden die Straßen zunehmend schmaler. Die Jungen merkten, dass sie der Kaserne näher kamen, als die Anzahl uniformierter Männer auf den Gehsteigen stetig stieg und sie ehrfurchtsvoll die ersten Offiziere und Grüppchen einfacher Soldaten erspähten, denen sie verstohlen mit ihren Blicken folgten.

11 *Schweiß*

If I could start again, a million miles away.
Johnny Cash „Hurt"

Als ich durch das eiserne Tor der Kaserne auf den Hof schritt und meine Stiefel über den blank gefegten Boden des Exerzierplatzes schlurften, bemerkte ich als Erstes den süßlich-erdigen und unverwechselbaren Geruch der Pferdeställe, die sich zu meiner Rechten, etwa hundert Meter über den leeren Hof entfernt, geduckt an die Außenmauern des Kasernenhofs schmiegten. Es roch wie vor unserem Haus, wenn die Holzrücker mit ihren gewaltigen Kaltblütern die Stämme der gefällten Bäume aus dem Wald vor das Sägewerk zogen und die Tiere mit den langen Behängen über den Hufen und ihren Köpfen, so groß wie wir Kinder, über Nacht auf der Wiese gestanden hatten.
Ich hörte das leise Schnauben und Wiehern, das mit dem leichten Wind in Wellen über den Kasernenhof geweht kam, und führte unwillkürlich meine Handinnenflächen zur Nase. An den Abenden, wenn ich zuvor den ganzen Tag mit Lotte zwischen den Pferden auf unserem Hof umhergelaufen war, auf die muskelbepackten Flanken der Tiere geschlagen und ihre weichen Hälse gestreichelt hatte, wenn die Pferde ihre weiten, sanften, nassen Nüstern in unsere zu einem Kelch geformten Hände gedrückt hatten, um eines der Zuckerstücke

zu bekommen, die wir ihnen verbotenerweise gaben, an diesen Abenden waren meine Hände braun vom Dreck und Staub der Felle und rochen fast mehr nach Pferd als die Tiere selbst. Auch nachdem ich meine Hände gründlich gewaschen hatte, war der Geruch stets noch so intensiv, drang er im Bett noch so deutlich in meine Nase, dass ich des Nachts von den Tieren träumte.

Der Unteroffizier, der uns direkt hinter dem Tor in Empfang nahm und uns in Reihen zu zweit hintereinander ordnete, hingegen stank. Nach den Schweißperlen, die seinen roten Nacken aus den kurz geschorenen Haaren am Hinterkopf hinunter und in seine Feldbluse liefen. Nach seinen Zähnen, die schlecht und schief in seinem Mund standen, und nach dem Speichel, der sich in den Winkeln seines Mundes als weißer, feiner Schaum sammelte. Er sprach kühl und bestimmt, und ich musste gebannt auf die feinen, blauroten Adern auf seinen Nasenflügeln starren.

Je länger wir in der Sonne standen, desto trockener wurden meine Lippen. Meine Zunge klebte am Gaumen, schmeckte fahl, und wenn ich mit ihrer Spitze über meine Zähne und durch die Backen fuhr, konnte ich keine Feuchtigkeit mehr finden. Die Luft tönte vom Rascheln der Kleider, dem Quietschen der Lederriemen an unseren Säcken und Koffern, vom Gerassel und Geklimper der Wagen, die in einer der hinteren Ecken des Kasernenhofes mit großen, eisernen Kisten beladen wurden, und vom Schlurfen der Stiefel der Neuankömmlinge. In meiner Nase kitzelte der Staub, der aus der ramponierten Jacke meines Vordermannes in die Luft wirbelte. Für einen kurzen Moment fürchtete ich, niesen zu müssen. Endlich schritten wir los, nicht ohne unseren Vordermännern in die Hacken zu treten,

ebenso wie unser Hintermann uns selbst auf die Fersen stieg. Wir fluchten, die älteren Soldaten, die uns zusahen, feixten. Schließlich durchschritten wir die geöffnete Flügeltür des Hauptgebäudes der Kaserne und kühle Dunkelheit umfing uns. Auf den metallenen Doppelstockbetten lagen an den Fußenden säuberlich gefaltete, grobe Wolldecken, von denen ich schon beim Ansehen wusste, dass sie auf der nackten Haut unangenehm kratzen und mich in den heißen Nächten zu sehr und in den kalten zu wenig wärmen würden. Sie waren frisch und unbenutzt. Das Bettzeug der Matratzen war grob, und wenn ich mit meiner rechten Hand langsam darüberfuhr, spürte ich jeden Webknoten – trotz der Hornhautschwielen auf den Ballen. Die Kissen waren mit Stroh gefüllt; man hatte zwei Bezüge ineinandergelegt, sodass die groben Halme nicht nach außen stachen. Ich roch das Getreide, wenn ich meinen Kopf auf das Kissen presste.
Auf den Gängen hing staubige Luft. Ein Gemisch aus den Dünsten und Gerüchen des Leders der Tornister und Stiefel, der Schuhwichse, des aseptisch neuen Stoffes der feldgrauen Röcke, der polierten Koppelschlösser, des Waffenöls, des Urins der Bettnässer und des Kohls aus der Küche, der vertrockneten Fliegen und Wespen auf den Fensterbänken der Gänge, der Schmierseife und des Pfeifen- und Zigarrenqualms aus den Wachstuben, der Abflüsse in den Waschbecken, der Aborte am Ende der Gänge, der abgeblätterten Tünche an der gewölbten Decke und der kleinen Placken Putz und Farbe, die sich gelöst hatten und zu Boden gefallen waren, der hölzernen Fußleisten, der grauen Fugen zwischen den Kacheln an der Wand und der öligen Lampen über den Stubentüren, der Fürze und Füße, des Angst-, Nacht-, Erschöpfungs-, Masturbations- und

Hitzeschweißes der Rekruten und Mannschaftsdienstgrade, der spröden, trockenen Fensterrahmen, der Kreide auf der Tafel am Ende jeden Flurs.
Und des Heimwehs.

12 Sturm

On with the Body Count.
Body Count

Nachdem die Flieger verschwunden waren, setzte der Beschuss in der Nacht umso heftiger ein, und am 31. Juli 1917, um 3:50 Uhr am Morgen, legte sich plötzlich Schweigen allseits über das Schlachtfeld.
Nur vereinzelt peitschten Gewehrschüsse hin und her, ansonsten aber war es vollkommen ruhig. August kannte diese brüllende Stille, die ihm in den Ohren sauste und seinen Blick schwammig werden ließ. Sie fraß und wand sich durch die Gehörgänge in seinen Kopf, tickte von innen an seine Stirn, seine Zähne und presste seine Augäpfel aus den Höhlen. Wie das alles verschluckende Schwarz absoluter Dunkelheit in einem verschütteten Graben brachte dieses Schweigen der Mündungsfeuer und Motoren, des Krieges und des Sterbens die Soldaten auf allen Seiten schier um den Verstand. Es pochte in ihren Adern, zog an ihren Haaren, trieb kalten Schweiß auf ihre Stirn und ließ ihre Knie zittern. Denn das unerträgliche Nichts kündete von etwas, das schon bald folgte. Unfassbar laut, gewaltig und Angst einflößend. Es war die Ruhe vor dem Sturm, die vor allem die älteren Soldaten zu fürchten wussten.

Wenn die heimgekehrten Piloten hinter den eigenen Linien von ihren letzten Beobachtungen berichtet hatten, wurden die Grabenkämpfer auf den Sturm vorbereitet und schließlich wurde erneut die gesammelte Kraft der Artillerie entfesselt. Selbstständig, ohne direkten Sichtkontakt und unter ständigem Nachladen, wurde nun, nach dem massiven Dauerbeschuss der feindlichen Stellungen in den letzten Stunden und Tagen, auf Sperrfeuer umgestellt, das den Rückzug und die Kampffähigkeit des Feindes schwächen und die eigene Offensive unterstützen sollte. Aus den Rohren der Feldkanonen, der 18-Pfünder und der Haubitzen wurden bis zu sechzig Pfund schwere Granaten gefeuert, während die Infanterie mit den letzten Vorbereitungen des Angriffs begann. Mit geladenen Magazinen, aufgepflanzten Seitengewehren, geschärften Spaten, Messern und Dolchen, in den Händen Totschläger, Knüppel, Morgensterne und Handgranaten, am Rock behangen mit noch mehr Munition, noch mehr Granaten, und mit Helmen auf den Häuptern warteten die Soldaten in den Gräben auf das Signal zum Angriff.
Noch in der Stille hörte August leise die ersten Zündungen hinter den feindlichen Linien und fast im gleichen Moment schlugen die Geschosse unweit seines Versteckes ein. Innerhalb kurzer Zeit steigerte sich der Beschuss zu einem gewaltigen Sperrfeuer. Die Einschläge gruben neue Trichter in den Boden, schleuderten Splitter, Steine, Trümmer, Leichenteile und Erde empor. In Augusts Krater prasselten Matschklumpen, Erdbrocken und Unrat. Klatschten in die Pfütze am Boden, schlugen auf die erdigen Hänge und kullerten von dort ins Wasser, pladderten auf Augusts Uniform und seinen Helm. Durch den Stoff spürte er, wie die Brocken auf ihn einschlugen. Um sich

bestmöglich zu schützen, legte er sich am unteren Ende seines Kraters mit dem Bauch auf die Erde, flach und so klein wie möglich. Den Helm zog er tief in die Stirn und seine rechte Gesichtshälfte presste er gegen den Boden, sodass sich der Speichel auf seinen Lippen mit der schmutzig braunen Erde vermischte. Seine Beine waren bis zur Mitte der Oberschenkel in der Pfütze versunken, die Stiefel komplett voller Wasser und der Stoff der Hose klebte kalt und nass an seinen Beinen. Seit er in seinem Krater lag, hatte August darüber nachgedacht, was er machen würde, wenn er sich bei einem feindlichen Sturmlauf noch immer an diesem Ort befinden würde. Die einzige Lösung sah er darin, sich tot zu stellen und zu hoffen, dass keiner der Stürmenden von ihm Notiz nahm oder erkannte, dass er noch lebte.

August hatte gelernt, dass sich die Taktiken, einen feindlichen Graben anzugreifen und zu erobern, bei den einzelnen Kriegsparteien unterschieden. Schon in der Kaserne hatte man ihm und den anderen Rekruten erklärt, dass es mit der Mechanisierung des Krieges und den modernen Waffen zunehmend schwieriger wurde, nach tagelangem Trommelfeuer einen breiten Sturmlauf auf die feindlichen Gräben zu starten, und dass diese Form des Angriffs spätestens mit dem Einsatz von Maschinengewehren auf der verteidigenden Seite nur noch schwer durchzuführen war. Nicht zuletzt deswegen sagte ihm seine Erfahrung in diesem Moment, dass ein Angriff der Engländer bevorstehen musste, da man auf der Seite der Entente noch immer auf die von der Artillerie unterstützten und vorbereiteten Angriffe baute und mit massivem Beschuss versuchte, die Gräben der Gegner, ihre Strukturen und die Bewacher kurz und klein zu schießen. So waren August und seine Kameraden meist gewarnt, wenn ein Angriff vorbereitet wurde – allerdings war der starke Artilleriebeschuss über Tage die Hölle auf Erden und für viele nicht lange in direkter Frontstellung zu ertragen.

Waren also noch zu Beginn des Krieges Hunderttausende Männer auf beiden Seiten bei breiten Sturmläufen sehenden Auges in das bellende Feuer der Maschinengewehre und den sicheren Tod gelaufen, setzten die Taktiker mit dem Fortdauern der Kämpfe zunehmend – nicht zuletzt aus Mangel an Nachschub – auf Sturmtruppen oder Stoßtrupps. Kleine, kompakte Einheiten aus wenigen Soldaten gingen nach kurzem oder ganz ohne vorherigen Artilleriebeschuss schnell und direkt – manches Mal auch hinter schleichendem, also langsam auf den feindlichen Graben zuwanderndem Artilleriefeuer – zum Angriff über und versuchten, Kommandostände, MG-Stellungen oder andere wichtige Punkte der feindlichen Grabensysteme zu erobern. Gelang dies, folgten die restlichen Fußtruppen und rollten den gesamten Verteidigungskomplex auf. Hinzu kamen vorgeschobene Horchposten, kleine Kommandounternehmen, Patrouillenausflüge im Schutz der Dunkelheit – wie jener, der August in seine missliche Lage und mitten zwischen die Gräben der beiden Seiten gebracht hatte.

Schon bald nach seiner Ankunft an der Westfront war August fasziniert von dem gewaltigen, unermesslich weitläufigen System aus Verteidigungslinien und Gräben, in denen sich die feindlichen Soldaten manchmal nur ein paar Meter entfernt gegenüberlagen. Er hatte erfahrene Frontkämpfer erzählen hören, wie sich die Soldaten der gegnerischen Parteien direkt in die Gesichter sehen konnten und einzelne Soldaten der anderen Seite beim Namen kennenlernten. Vor allem zu Beginn des Krieges, als sich die Gegner – entgegen der strikten Weisungen ihrer Heeresführungen – noch kurze Zeiten der Waffenruhe gaben, um die jeweiligen Verletzten im Niemandsland zwischen den Linien zu bergen.

Die Gräben waren ein ausgeklügeltes System aus Kampf-, Rückzugs- und Reservegräben. Alle miteinander verbunden, funktionierten sie nach einem komplexen Logistikkonzept, mit dessen Betrieb, Ausbau, Versorgung und Optimierung sich ein zweites Heer an Taktikern und Planern weit hinter den Linien beschäftigte. So chaotisch, brutal und willkürlich das Kämpfen, Leben und das System im Ganzen erschien, es folgte doch einem durchdachten Plan, der sich an die besonderen Anforderungen des Kampfes in diesem Kriege anpasste. Denn schon bald nach dem Beginn und den ersten Kampfhandlungen hatte die neue, exorbitante Feuerkraft und zunehmende Technisierung des Krieges beide Seiten gezwungen, ihre bisherige Vorstellung einer Schlacht hinter sich zu lassen. Ein breiter, frontaler Sturmlauf beider Parteien gegeneinander war aufgrund der guten Verteidigungswirkung der modernen Waffen nicht mehr durchführbar – befanden sich die Verteidiger in einer leichten Deckung, waren sie den Anstürmenden überlegen. Und so kam es, dass sich die Gegner vis-à-vis verschanzten und im Laufe des Krieges den Stellungskampf im Graben perfektionierten.

Neben dem eigentlichen Kämpfen waren die Soldaten einen Großteil ihrer Zeit damit beschäftigt, das Grabensystem auszubauen, instand zu halten.

In den vordersten Gräben mit Feindkontakt waren die Soldaten der unmittelbaren Wirkung des Sichtfeuers ausgesetzt. Scharfschützen, Mörser und Granatwerfer, Handgranaten und Sturmläufe richteten sich hauptsächlich gegen diese Stellungen.

Jene Gräben verliefen niemals geradlinig, sprangen vielmehr hin und her, beschrieben Bögen, wurden versetzt und doch miteinander verbunden in die Erde getrieben. So war es weder möglich, die Gräben ein längeres Stück einzusehen, noch – das war lebenswichtig – sie bei einer Erstürmung quer und von innen komplett zu durchfeuern. Von diesen Gräben führten Gänge, meist zur feindabgewandten Seite, in Unterstände, die tief in das Erdreich getrieben und unterschiedlich stark befestigt waren. Manche aus Beton, manche mit Holz verschalt, andere simple Erdlöcher. Die freien Gräben waren etwas mehr als mannshoch, und um über den Rand zu blicken, musste ein Soldat von normaler Größe auf eine Trittstufe steigen, die entlang der unteren, dem Feind zugewandten Seite des Grabens verlief. Auf den Rand waren Sandsäcke und anderes Schanzmaterial gelegt und zum Blick aus dem Graben hinaus waren entweder schmale Schlitze in die Brustwehr gelassen oder man schaute mit einem Periskop über die Kante. Hinter den vordersten Gräben befanden sich weitere, die dem Rückzug, der Versorgung oder dem Schutz zusätzlicher Truppenreserven vor einem Angriff dienten. Jedes Grabensystem war dazu geeignet, dass sich die Soldaten bei einer erfolgreichen Erstürmung des davorliegenden Grabens hierhin zurückziehen und aus dieser Stellung weiter verteidigen oder gar erneut angreifen konnten. Vor allem an dauerhaft gehaltenen Frontabschnitten waren die Gräben oft erstaunlich gut ausgebaut.

*

August lag noch immer unbeweglich da, das Gesicht fest an die Flanke seines Trichters gepresst, und wartete. Er schwitzte und sein Herzschlag pochte schmerzhaft hinter dem Trommelfell seines rechten Ohres. Langsam und gleichmäßig versuchte er, durch die Nase ein- und durch die leicht geöffneten Lippen auszuatmen. Ruhiger zu werden. Sein warmer Atem schlug vom Boden zurück in sein Gesicht, fing sich unter seinem Helm und ließ seine Lider mit jedem Atemstoß blinzeln. Aus dem inneren Winkel seines linken Auges lief eine Träne über den Rücken seiner schmutzigen Nase, wusch dabei in einer weißen Spur den Dreck von seiner Haut und blieb schließlich braun und glänzend im Amorbogen über seinen Lippen stehen, wo sie sich mit der durchsichtigen Flüssigkeit aus seiner Nase vermischte.

Als August mit der Spitze seiner Zunge nach der Feuchtigkeit tastete, erhob sich aus eben jener Richtung, in die sein Kopf zeigte, Kampfgeschrei und bewegte sich rasch auf ihn zu. Kurze, bellende Befehle, heiseres Gebrüll, unartikulierte Laute und Stimmen, die sich überschlugen, mischten sich zu einer erschreckenden Kulisse, die August den Schweiß auf die Stirn trieb und ihm Todesangst einjagte. Das Schreien verschmolz mit dem Mündungsfeuer, den Explosionen der Einschläge, den Schüssen aus den Gewehren und dem scharfen Kläffen der Maschinengewehre zu einer unbeschreiblichen dissonanten Symphonie des Krieges, auf deren Gewalt August schon beim ersten Mal in keiner Weise vorbereitet gewesen war und die in ihrer brachialen Gnadenlosigkeit auch jetzt seine Angst und Hilflosigkeit so weit steigerte, bis er sich in einer Art Rausch befand, der ihn das, was um ihn herum geschah, nur noch dumpf und entfernt wahrnehmen ließ. Seine Angst wuchs so sehr, dass er deren anfänglich lähmende Phase und damit sie selbst in Sekunden überwand. Vor dem verschwommenen Hintergrund seiner Umwelt sah er nun sich selbst und sein Handeln direkt und glasklar.

Gleichzeitig verwandelte sich sein Körper in einen physiologischen und metabolischen Kokon aus Verleumdung und Desinteresse, der alles um sich herum ausblendete und sein eigenes Überleben in der Bewegungslosigkeit zum einzigen Zweck seiner Funktionen machte. August spürte, dass er in seiner Position unausweichlich verharren musste und allein beim Versuch einer Bewegung Muskeln, Gelenke, Nerven und die vitale Infrastruktur seines Körpers versagen würde. Wie versteinert, als sei er einer jener ascheüberzogenen Körper im versunkenen Pompeji, lag er also absolut regungslos da und zog sich in einer Todesmimikry in die Hülle seines Körpers zurück. Einen halben Meter entfernt, im schmatzenden Schlamm des Schlachtfeldes, in der stinkenden, rauchgeschwängerten Luft des Kampfes, rannten derweil britische Soldaten im Sturmlauf links und rechts an Augusts Trichter vorbei und um ihr Leben. Sahen nicht seinen reglosen Körper im grauen Rock, halb in Pfütze und Schlamm versunken, das Gesicht der Erde zugewandt. Nahmen vielleicht nur einen weiteren Toten, einen weiteren gefallenen Soldaten wahr und richteten ihren Blick, noch bevor sie diesen Gedanken zu Ende gedacht hatten, wieder fest nach vorn, um es ihm nicht gleichzutun. Hoben ihren Wurfarm mit einer Handgranate, die sie im Sprung über Augusts Loch entsichert hatten, und schleuderten sie in den nächsten Graben; warfen beide Arme stöhnend in die Luft, wenn sie in eine Salve des schwenkenden Maschinengewehrfeuers gerieten, wenn ihnen die spitzen Projektile der 7,92 x 57-mm-Patronen im Takt von sechs bis sieben Schuss in der Sekunde die Beine durchschnitten, Weichteile und Beckenknochen zerfetzten, Bauchdecke und Brustkorb aufrissen, Kiefer und Hälse wegsprengten, in Nasen und Augen drangen und ihre Schädel knackten wie überreife Wassermelonen. Oder schlossen die Finger fester um den hölzernen Schaft ihres Gewehrs, den Stiel ihres Spatens und den Griff ihrer Pistole. Getrieben von nichts anderem als der gleichen Angst, die sich als eisernes Band in diesem Moment auch um Augusts einsames Herz legte.

Durch den schmalen Spalt, der vor seinem linken Auge zwischen der vorderen Kante des Helmes und dem Erdboden frei geblieben war, hinter dem schwammigen Schleier, der sich im Inneren vor sein Auge gelegt hatte, erkannte August schemenhaft die Schatten der Stürmenden, die wie Geisterfotografien durch den Nebel huschten. Ahnte die gewickelten Gamaschen über den geschnürten Stiefeln, die flachen Stahlhelme und langen Gewehre, die eingefallenen Wangen, die aufgerissenen Münder und Augen mehr, als dass er sie wirklich sah, während der Atem in seine Nase strömte, in seine Lunge wirbelte und aus seinem Mund floss. Gleichmäßig und ruhig.

Seine schmutzbeworfenen Lider blinzelten nicht, seine Pupillen waren starr und kein Muskel zuckte. Auch dann nicht, als dem sechzehn Jahre jungen englischen Infanteristen M. direkt rechts oberhalb von Augusts Trichter ein einzelner, verirrter Gewehrschuss in die rechte Schulter drang, den vom Turnunterricht vor dem Kriege gut entwickelten Deltamuskel glatt durchschlug und einen sauberen Wundkanal im Fleisch hinterließ, den die glühende Kugel an den Innenwänden mit ihrer Hitze sogleich verödete und durch den, wäre die Zeit gewesen, der hinter ihm rennende Soldat, an dessen Helm die Kugel blutverschmiert abprallte, glatt hätte hindurchsehen können. Seine Lider blinzelten auch dann nicht, als der verwundete junge Infanterist nun schreiend in die Hocke ging, seine Knie

in den Matsch schlug, seine linke Hand auf die rechte Schulter legte und angst- und schmerzverzerrt auf die Wunde und das Blut blickte, das zwischen seinen dreckigen Fingern hervorsickerte, während sich sein Magen zusammenzog und das Büchsenfleisch der letzten Mahlzeit herausdrückte, am Magenmund vorbei, brennend die Speiseröhre hinauf.
Sie blinzelten immer noch nicht, als der Oberkörper des knienden, verwundeten jungen Infanteristen nach vorne fiel, während er sich nunmehr erbrach, sein Helm vom Kopf glitt, auf der schmalen, stählernen Krempe den Hang in den Trichter hinabkullerte und dort, die untere Seite nach oben gewandt, neben Augusts verschmierten Stiefeln im braunen Wasser versank.
Blinzelten ein einziges, kolibriflügelschlagkurzes Mal, als das Gesicht des verwundeten, am Boden liegenden jungen Infanteristen mit der rechten Backe einige Zentimeter bis zum Nasenflügel in Matsch und Erbrochenem versank.
Blinzelten genau in dem Moment, als jener Schrei erstarb, in stummes Weinen überging und sich beide, der englische Infanterist und August nämlich, einen Meter voneinander entfernt liegend, der eine über, der andere im Loch, von Angesicht zu Angesicht direkt in ihre Kinderaugen blickten.
Blinzelten nicht mehr, als der junge Infanterist, der nun wusste, dass Leben in dem grauen Körper am Boden des Trichters war, den Kopf in Zeitlupe abwandte, wobei Speichelfäden aus den Winkeln des Mundes rannen und er sich mit seinen feinen, schmalen Händen, die einem Pianisten oder Schneider gehören sollten, im Matsch aufstützte, seinen Oberkörper vornehmlich mit dem linken Arm hochstemmte, um dann auf allen dreien und seiner durchschossenen Schulter in Richtung des eigenen

Grabens zurückzurobben, dabei immer wieder mit dem Kopf in den Matsch schlug, da ihm der rechte Arm den Dienst versagte, sich jedoch stets aufrappelte und schließlich – „wie durch ein Wunder“, würde er seinen Enkeln erzählen und dabei den Blick in die Augen des Soldaten am Boden des Trichters verschweigen – ohne weitere Verletzungen und lebend die rettende Deckung erreichte.
Inzwischen hatten sich Augusts Lider wieder schützend über seine austrocknenden Augäpfel gelegt. Und während seine Kameraden den Angriff auf die eigenen Gräben erfolgreich zurückschlugen und die Angreifer zurück ins aufgewühlte Niemandsland und die Dunkelheit jagten, verfolgt von Kugeln, Handgranaten und Flüchen, da fiel August in eine tiefe Bewusstlosigkeit, glitt immer tiefer in einen traumlosen Schlaf, während es zu regnen begann und der Schlamm des Schlachtfeldes ihn schmatzend immer tiefer zu sich zog.
Etwa zu dieser Zeit schob Hunderte Kilometer weiter ostwärts sein Vater den Schlüssel, den er aus dem Blumentopf im Gewächshaus genommen hatte, in das Schloss der Haustür. Der hakte zunächst etwas und drehte sich dann quietschend im Schloss. Mit dem ersten Schritt in die Diele wusste Augusts Vater, dass niemand zu Hause war. Schon lange nicht mehr. Also verschloss er die Tür seines Hauses wieder, legte den Schlüssel zurück an seinen Platz im Blumentopf und ging erneut westwärts.

13 Leder

Where are the ones who carry their guns
to the far away lands with the blackened suns.
Chuck Ragan „For Broken Ears"

Zwei Waffenröcke, ein Mantel und zwei Hosen, alles feldgrau – auf der Vorderseite des Rockes zwei seitlich angebrachte Taschen und sechs Knöpfe, die von einer Stoffleiste verdeckt wurden. Auf den Schultern des Rocks Tuchlaschen für die Rangabzeichen, in der Armnaht befestigt. Hose und Rock in doppelter Ausführung, jeweils an Ellbogen und Knien mit dünnem Leder verstärkt. Außerdem Feldmütze, Unterzeug, Socken und ein paar schwarze Lederstiefel mit Absatz und genagelter Sohle.
Die Stiefel waren zu groß, weshalb Augusts Ferse bei jedem Schritt ein kleines Stück nach oben schlappte und mit der groben grauen Wollsocke am verstärkten unteren Schaft der Stiefel entlangscheuerte. Das billige Leder war noch hart, und August nahm sich vor, die Stiefel so bald wie möglich weich zu kneten.
An seinem ersten Tag in der Kaserne erhielt August zudem: einen Brotbeutel aus braunem Stoff, der seltsam chemisch roch; eine dickbauchige Wasserflasche aus glänzendem Aluminium, mit einem Stoffüberzug geschützt; ein kleines Klappmesser mit hölzernem Griff und einer schmalen, spitz zulaufenden

und scharfen Klinge; einen stabilen eisernen Spaten mit einem kurzen, hölzern-rauen Stiel und Lederschaft; ein schweinsledernes Koppel mit geprägtem Koppelschloss, das die preußische Krone, Lorbeerzweige und die Aufschrift „Gott mit uns" zeigte, am Koppel links und rechts je drei Patronentaschen; einen geschwärzten ledernen Tornister, dessen Riemen am Koppel hinter den Patronentaschen eingehängt wurden; eine Zeltbahn, Kochgeschirr, einen Blechbecher mit Griff, alles zur Befestigung am Tornister, sowie ein graues Tuch, das er als Halstuch, Verbandszeug oder anderweitig verwenden konnte; ein Mehrladekarabiner Mauser Modell 98a, Kaliber 7,92 x 57 mm mit Reinigungs- und Pflegematerialien, dazu passend ein Bajonett mit einseitiger Schneide samt Scheide, um das Bajonett am Gürtel zu tragen, trug er es nicht aufgepflanzt.
Die Ausbildung war eintönig und hart und August bekam zu keiner Zeit das Gefühl, dass er auf das, was ihn erwartete, vorbereitet wurde. Mit seinem Eintreffen auf dem Kasernenhof begann das nimmer enden wollende Exerzieren. In einer Aufstellung, die am ersten Tag festgelegt wurde, sich an der

Aufteilung der Männer auf den Stuben orientierte und von jedem sofort auswendig zu lernen war, stellten sie sich auf dem weitläufigen Areal zwischen den gleichförmigen, trost- und gesichtslosen Kasernengebäuden Tag um Tag auf und befolgten in unendlicher Wiederholung die krächzenden, immer gleichen Befehle aus den von klarem Schnaps und dunklem Bier grob und heiser geschliffenen Kehlen hinter den Schnauzbärten der linkischen Unteroffiziere, die für die Ausbildung der Rekruten zuständig waren. Wenn August, in der dritten Reihe an achter Position stehend, die Hände an den Hosennähten, den Helm auf dem Kopf, das Kinn leicht nach oben gereckt und die Augen starr vor sich gerichtet, dem Befehl des Ausbilders folgte und seinen Blick nach rechts wandte, sah er direkt auf den behelmten, kurzen und ausrasierten Nacken von J., der in der gleichen Stube wie August untergebracht war, im gleichen Stockbett auf der Matratze über ihm schlief und mit dem ihn seit dem ersten Tag eine unausgesprochene, aber nicht minder tiefe Sympathie verband. J. war ein halbes Jahr älter als August und auch freiwillig in den Kriegsdienst eingetreten – kurz bevor er ohnehin einen Gestellungsbefehl erhalten hätte. J. überragte August um einen Kopf und hatte kräftige Schultern, die nach oben direkt und scheinbar ohne Hals in ein massiges Kinn mündeten, nach unten erst mit den beachtlichen Oberarmen steil abfielen. Die Brust war breit, der Bauch noch breiter und stand sowohl nach vorne als auch zu den Seiten über den schmalen Hüften, die in dünne, aber muskulöse Beine mündeten, die wiederum auf breiten Füßen festen Stand fanden. Das Gesicht war rundlich, ohne feist zu wirken, links und rechts neben einer fleischigen Nase blitzten blaue, klare, flinke Augen, darüber buschige Brauen, eine niedrige Stirn und

braunes Haar. J. war vom Hof seiner Eltern an der Müritz direkt hierher befohlen worden und – für August bewundernswerterweise – stets bester, mindestens unbeeindruckter Laune. Schon als das erste Mal alle sechs Kamaraden auf der Stube zusammentrafen, hatte J. sich direkt gemütlich auf einem der Betten ausgestreckt, nachdem er seine Ausrüstung vor seinem Spind abgelegt hatte. Die Beine übereinandergeschlagen, mit den Stiefeln auf der Stahlstange am Fußende des Bettgestells, die Arme hinter dem Kopf verschränkt und die Mütze in den Nacken geschoben, hatte er mit breitem Grinsen in die Runde gefeixt und den anderen dabei zugesehen, wie sie mit gesenktem Blick und gehorsamer Eifrigkeit ihre Siebensachen nach bestem Wissen in den Schrank räumten. Nur damit sie kurz darauf von einem Obergefreiten ausgeräumt wurden, der den Inhalt ohne ein Wort, aber mit angewiderter Miene Stück für Stück auf den getünchten Steinfußboden vor der Spindtür fallen ließ und – wieder ohne ein einziges Wort – die Tür eines einzelnen, bisher verschlossenen Spindes in einer Ecke der Stube aufschloss. Hinter der Tür kam ein tadellos eingeräumtes und perfekt ausgerichtetes Innenleben zum Vorschein. Mit einem Kopfnicken bedeutete er den – bis auf J., der sich beim Eintreten des Obergefreiten erhoben und kerzengerade neben das Bett gestellt hatte, auf dem er eben noch flegelte – rot angelaufenen Jägern, sich diesen Spind als Vorbild zu nehmen und ihre Schränke entsprechend einzuräumen.
Mit den anderen in der Stube verband August wenig. Im Gegensatz zu ihm waren sie nicht direkt aus der Schule in den Kriegsdienst eingetreten und nahmen viele Dinge im eintönigen, aber nicht minder harten Alltag der Gefechts- und Grundausbildung um einiges gelassener und weniger

staunend hin als August. Kamen sie doch nicht wie er aus der wärmenden Stube des Elternhauses vor den Toren einer kleinen Stadt in der Provinz; hatten die letzten Jahre nicht zwischen Regalen voller Heldenepen, Abenteuerromanen und antiker Denker in einer kleinen Dachkammer verbracht und fern aller Sorgen die Schulferien genutzt, um den lieben langen Tag mit Büchern oder in den Wäldern zu verbringen; hatten nicht nur hin und wieder einen halben Tag gearbeitet, widerwillig und weil sie von ihren Eltern dazu gedrängt worden waren; hatten sich diesen Dienst nicht gar noch entlohnen lassen, nur um noch mehr Bücher zu kaufen.

Alle anderen auf der Stube waren zwar ungefähr in Augusts Alter oder etwas älter, aber spätestens nach der Volksschule in die Berufe ihrer Väter oder anderweitig in Lohn und Brot getreten und sahen die Ausbildung beim Komis mit deutlich mehr Pragmatismus. Wussten sich auf ihre eigenen Vorteile zu konzentrieren, Befehle nicht zu hinterfragen und ihren Sinn trotzdem mit einem Blick zu ihren Kameraden infrage zu stellen; genossen die wenige Freizeit und Ruhe, die man ihnen gestattete, weitaus intensiver und unverkrampfter und waren nicht auf der Suche nach dem heimlichen Glanz, der erhofften Poesie des Soldatentums.

Und so waren es auch nicht die Übungsparcours oder die langen Märsche in voller Ausrüstung, das gebetsmühlenartige Vortragen der wichtigen Regeln des Soldatenlebens in der Kaserne und an der Front, das tägliche Auseinanderbauen, Zusammensetzen, Ölen und Prüfen des Karabiners, das Exerzieren auf dem Hof, das Spindeinräumen und auch nicht das Spindausräumen, die Schießausbildung, die dürftige Anleitung zum Schanzen oder die Einweisung in die korrekte Nutzung von

Scherenfernrohr, Bajonett, Handgranate und Gasmaske, die August aus seinen Schwärmereien auf den kalten, rauen Boden des Kasernenhofes holten; ihn mit beiden Beinen ins Hier und Jetzt stellten und die Blasen seiner verschwitzten Pennäler-Träume mit der feinen, spitzen und unerbittlichen Nadel der Realität zum Platzen brachten. Das geschah während der wenigen Wochen im Mikrokosmos seiner Stube.

Wochen, in denen er als schweigender Betrachter während der freien Abende und gelegentlichen Ausflüge meist nur kurze Blickkontakte mit J. austauschte und sonst als konstanter, aber passiver Teil der zunehmend verschworenen Sechsergemeinschaft Habitus, Sprache, Lachen und Gestik seiner Kameraden in sich aufsog und sich im Stillen zu eigen machte. Alle fünf erschienen August so viel erwachsener, so viel weiter und weiser. Wie sie Dinge bewerteten und sich über die Zigarettenration freuten, wie sie abends mit einem letzten Furz und behaglichem Schnarchen in den Schlaf dämmerten, offenbar frei von Bedenken und Ängsten und nur wenige Ansprüche an sich selbst und ihr Fortkommen stellten. August war voller Neid auf dieses haltlose Dahingleiten im Strom der Zeit, auf die ausführlichen Nachmittagsgespräche über die Hintern der Mädchen, die vor dem Kasernentor vorbeigingen, und die Zufriedenheit mit Tabak, Bier, Kartenspiel und ausreichend Schlaf. Nicht nur, weil es sie einte. Wie der uneingeschränkte Hass auf die Ausbilder, die sie Tag für Tag auf dem Hof der Kaserne schliffen, um sie angeblich auf das vorzubereiten, was schon bald und auf unbestimmte Zeit ihr Alltag werden sollte.

August funktionierte als einer von vielen in seiner Jägerkompanie, focht seine Kameraden weder im Guten noch im

Schlechten an. Er war stets dabei, sie nahmen ihn wahr und integrierten ihn in die Pläne und Träume, die sie für das Leben an und nach der Front planten. Er selbst gab ihnen in den ersten Wochen, in denen sie enger zusammenwuchsen, für das, was er ihnen abschaute, nicht das Geringste zurück. Lediglich für J. empfand August eine tiefe Sympathie, und er war auch der Einzige, der August hin und wieder zu durchschauen schien. J. verstand, dass August grundverschieden dem gegenüberstand, was die anderen fünf so schnell und einfach zusammenschweißte. Wenn sie zusammensaßen, merkte August hin und wieder, dass J. seine Augen für einen winzigen Moment länger als gewöhnlich auf seinem Gesicht ruhen ließ, bevor er sich wieder abwandte und in das Gespräch mit den anderen zurückfand. Vor allem dann, wenn August selbst schweigend an den Lippen, Gesten und Mimiken der anderen hing und unbemerkt, mit stimmlosen Lippen, das ein oder andere Wort des gerade Gesagten vor sich hin sprach, fühlte er sich von J.s Blicken ertappt. Nicht weniger, wenn J. seine Mundwinkel spöttisch nach oben zog und seinen Kopf unmerklich schüttelte, schoss August das Blut in die weichen Wangen und bildete dunkle, rote Flecken aus einem feinen Adergeflecht.

Eines Abends, August lag wach in der dunklen Stube unter seiner kratzigen Wolldecke, die Arme links und rechts neben dem Körper, die Bilder des Tages vor seinem inneren Auge, durch seine Wachträume zog das Leben an der Front; als er also so dort lag und wartete, dass der Schlaf ihn übermannen würde, hörte er unvermittelt das leise, vorsichtige Zischen, das entsteht, wenn man die Zunge von hinten ganz leicht gegen die geöffneten Zahnreihen legt und dann Luft durch die enge

Öffnung zwischen den Schneidezähnen presst. Das Zischen kam aus dem Dunkel über ihm. August schlug seine Lider auf und starrte in das tiefe Schwarz, während sich seine Augen an die Dunkelheit gewöhnten und seine Pupillen sich in der blauen Iris auf das Maximum weiteten, um das wenige Sternen- und Mondlicht einzufangen, das unter der hölzernen Stubentür und durch die stumpfen Fensterscheiben aus der schwarzen Nacht in die Stube schwappte. Nach einigen Sekunden erkannte er die Umrisse J.s, der seinen Kopf in diesem Moment nahezu im rechten Winkel über die Kante des Bettes schob, links und rechts gerahmt von seinen Fingern, die er so fest um das eiserne Rohr des Bettgestells schloss, dass, wäre es auch nur ein klein wenig heller gewesen, August die Knöchel beider Hände weiß und deutlich unter der Haut hervortreten gesehen hätte.

Doch in der Dunkelheit konnte August nicht erkennen, sah nicht, dass J. seinen Blick unverwandt auf ihn richtete, die sonst so frohen Augen voller Tränen, das Gesicht sorgenvoll und ängstlich verzerrt. Und auch als sich mit einem Lidschlag eine der Tränen löste, hinabfiel und August kurz unterhalb des rechten Mundwinkels ins Gesicht schlug, erkannte er nicht, dass sein Kamerad weinte. Dachte vielmehr, ein Tropfen Schweiß oder Speichel oder eine Mücke hätte ihn berührt. So wischte er sich mit der linken Hand über die feuchte Stelle und hatte den Zwischenfall schon fast wieder vergessen, als er sich, gespannt und neugierig darauf, was J. wohl mitten in der Nacht von ihm wollte, noch ein Stück weiter über seine Matratze hinauslehnte und angestrengt in das Dunkel über ihm starrte.

Die Luft in der Stube war stickig und schien unbewegt im Raum zu stehen, obwohl eines der Fenster leicht geöffnet war.

Im dichten Efeu, unter den sternenförmigen, ledrigen Blättern, die rund um das Fenster und an den Mauern der Kaserne emporrankten, zirpten die Grillen. Dazwischen flüsterte das Rascheln der Haselmäuse, die hinter den Blättern über die dünnen Äste balancierten, auf der Suche nach den nächtlichen Musikanten und den fetten schwarzen Spinnen, die an den Enden der klebrigen Trichter lauerten, die sie zwischen das immergrüne Laub gewebt hatten.
August vernahm das Rauschen des Blutes in seinen Ohren und gerade, als er seine Stimme anheben wollte, um J. anzusprechen, was er denn zu dieser nachtschlafenden Zeit von ihm wolle, in dieser Sekunde also hörte er, wie J. seinen Namen flüsterte. Fast unhörbar leise und nur ein einziges Mal, mit veränderter, gepresster Stimme, sodass August seinen Namen mehr ahnte als wirklich verstand.
„Ja“, antwortete August.
So kurz diese eine Silbe auch war, gelang es J. doch, August ins Wort zu fallen, und so sprach er leise, noch bevor August seine Antwort komplett ausgesprochen hatte:
„Ich fürchte mich so sehr.“
„Ja“, sagte August.
„Du brauchst dich nicht zu fürchten. Ich passe auf dich auf“, sagte J.
Und ein drittes Mal, weil er nicht wusste, ob J. vielleicht im Schlaf sprach oder er selbst bereits träumte, antwortete August ein leises: „Ja.“

*

Drei weitere Wochen später standen August und J., ohne dass sie noch einmal über jene Nacht gesprochen hätten, neben der geöffneten Schiebetür eines Eisenbahn-Güterwagens unweit der Kaserne und teilten sich schweigend eine Zigarette. J. hatte die Angewohnheit, nachdem er an einer Zigarette gezogen hatte, den Rauch nicht gleich zu inhalieren, sondern einen Teil davon aus seiner Mundhöhle aufsteigen zu lassen und ihn sogleich durch die Nasenlöcher wieder einzusaugen. August hatte schon oft versucht, diesen Trick nachzuahmen, was aber stets in einem ausgedehnten Husten endete. So standen sie nun neben dem Zug, ihr Marschgepäck säuberlich auf dem Boden aufgereiht, und reichten sich abwechselnd die Zigarette, während sie mit gesenkten Köpfen die kleinen Steine des Kieses, den man neben den Gleisen aufgeschüttet hatte, hin- und herschoben.

Die letzten Wochen der Ausbildung hatte man August und J. an der Bedienung eines Maschinengewehrs geschult und sie als mehr oder minder festes Maschinengewehrgespann innerhalb des Zuges geführt. In einer Holzkiste vor ihnen lag ein neues, wassergekühltes MG 08/15 samt Zweibein als Stütze für die rund fünfzehn Kilogramm schwere Waffe. Daneben zwei Kisten mit Patronen vom Kaliber 7,92 x 57 mm, die per Munitionsgurt durch das Gewehr geführt wurden und im Rückstoß geladen mit einer Kadenz von rund fünfhundert Schuss in der Minute verschossen werden konnten. August und J. waren umfassend in die Bedienung dieser im Grabenkampf wichtigen Waffe eingeführt worden und kannten Macken, Eigenarten und Vorteile, die das Maschinengewehr bei der Verteidigung im Grabenkampf hatte. Denn obwohl verhältnismäßig schwer und sperrig zu transportieren, konnten schon mit zwei strategisch klug platzierten und gut geschützten MG-Nestern breite Abschnitte gegen stürmende Angreifer effektiv verteidigt werden. Das war gleichzeitig auch die vornehmliche Aufgabe, auf die man August und J. vorbereitet hatte, als sie nun also erneut in einen Zug stiegen, der sie immer tiefer in den Westen und weiter weg von zu Hause bringen sollte. Und – so hoffte August – näher zu seinem Vater.

14 Eisen

All day long we seemed to dawdle through a country
which was full of beauty of every kind.
Bram Stoker „Dracula“

Schrittgeschwindigkeit. Seit der Zug den Bahnhof verlassen hatte, war er in Schrittgeschwindigkeit, niemals schneller und immer unter monotonem Rattern über Weichen und Gleisnähte gerumpelt – nun schon zwei Tage und eine Nacht. Die Soldaten in den Güterwaggons hatten schon bald die hölzernen, in Eisen gefassten Schiebetüren, die man am Bahnhof schwungvoll hinter ihnen geschlossen hatte, wieder geöffnet, und so zog nun schon seit vielen Stunden der Fahrtwind des Frühlingsabends hinein und die Landschaft an den Öffnungen zu beiden Seiten des Waggons vorüber, als trüge jemand ein endloses Panoramabild am Zug vorbei. Ein unendlich wiederkehrender Wechsel aus Bäumen und Sträuchern im grellen Grün des späten Frühlings, aus knospenden Blumen, Wiesen, Weiden, Feldern, Häusern, kleinen Städtchen und größeren Dörfern, Bahnstationen, gewundenen und geraden Flüssen, klaren und sprudelnden Bächen, kleinen und großen Seen, sanften Hügeln, hohen Bergen und schmalen Tälern. Dann wieder Häuser, eine andere Stadt, ein ähnliches Tal, neue Seen, etwas kleinere Bäche, vielleicht derselbe Fluss und ein anderes Dorf.

Dazwischen und mittendrin Menschen, die von den Bahnsteigen verstohlene Blicke in die geöffneten Waggons warfen; Kinder, die ein Stück neben dem Zug herliefen und den Männern aufgeregt zuwinkten; und immer wieder Bauern, Knechte und Mägde bei der Feldarbeit. August erkannte an den Formen der Häuser, an den Steinen, aus denen sie gebaut waren, an ihren Dachformen, an den wenigen Schildern, die er zu sehen bekam, und am sanften Wechsel der Landschaft, wie sie sich immer weiter nach Westen bewegten, und nach und nach beschlich ihn das Gefühl, in der Fremde anzukommen.

August und J. hatten sich einen Platz am Ende des Raumes in Fahrtrichtung reserviert und mit ihren Ausrüstungsgegenständen, so gut es ging, eingerichtet. Schon am ersten Abend entfachte einer der älteren Soldaten, die bunt gemischt und wenn überhaupt nur grob nach militärischen Einheiten in den Wagen saßen, entfachte also einer der älteren Soldaten, der wohl nach einer auskurierten Verletzung an die Front zurückkehrte, auf dem blechernen Deckel einer Tonne ein Feuer. Genau in der Mitte zwischen den Türen und mit Holz, das er zuvor im Gehen neben den Gleisen aufgesammelt hatte. Nach und nach hatten sich alle Passagiere der unkomfortablen Reise in diesem Waggon um die Feuerstelle geschart, hatten schweigend an ihren Pfeifen, Zigarren und Zigaretten gesogen, hin und wieder einen Schluck aus ihren Feldflaschen genommen, die sie bis jetzt noch an einem Fass am hinteren Ende des Wagens füllen konnten. Waren, je kälter der Wind hineinzog, mehr und mehr zusammengerückt und so ins Gespräch gekommen. Hatten sich kennengelernt und mehr voneinander erfahren, sodass es am Abend des zweiten Tages bereits so etwas wie ein Miteinander um das Feuer gab. Die Luft im Waggon war schnell vom Rauch geschwängert und es stank erbärmlich nach Schweiß, faulem Holz, Öl und Schmutz. Um sich zu erleichtern, verzichteten die Männer bald auf den Eimer, den sie anfangs dazu benutzt hatten, und sprangen lieber aus dem Wagen, rannten ein Stück weit vor, kauerten sich neben die Gleise und hofften, ihr Geschäft zu verrichten, bevor der Zug an ihnen vorbeirollte oder wider Erwarten seine Geschwindigkeit erhöhte. Pinkeln konnten sie aus den offenen Türen.

In der zweiten Nacht begann schließlich der Regen. Als August kurz aus leichtem Schlaf erwachte, sah er durch seine halb geöffneten Lider nach draußen und konnte die Tropfen erkennen, die nahezu senkrecht vor der Öffnung nach unten fielen. Doch August schlief sofort wieder ein, rollte sich auf dem vibrierenden Boden zusammen und sah aus diesem Grunde nicht, konnte nicht sehen, wie einige der Tropfen nahe der Tür auf den groben Dielenboden des Waggons fielen. Wie das trockene, verdreckte Holz das Wasser aufsog und sich an dieser Stelle dunkel färbte, bis es satt voll Wasser stand. Er sah nicht, wie sich weitere Tropfen auf den Dielen mit dem Dreck, dem Staub und dem Holzmehl der Holzwürmer zu einem schmierigen Film vermischten und das Holz und die eiserne Kante der Türöffnung glitschig machten.

Dann, etwa zwei Stunden später, wurde August von einem Schrei und einem plötzlichen Tumult geweckt, die ihn in Sekundenschnelle hochfahren ließen. Zu spät allerdings, um zu sehen, wie sich der Kanonier G. aus P., nachdem er aus unruhigen Träumen erwacht war und sich aus einem klammen Mantel geschält hatte, den er sich für die Nacht um die Schultern gelegt hatte, unter Ächzen erhob und über die Schlafenden hinweg zur in Fahrtrichtung rechts gelegenen

Tür stakste, dort mit der rechten Hand seinen Hosenlatz öffnete, während er sich mit der linken die Augen rieb und dann, weil der Waggon exakt in diesem Augenblick über eine nachlässig gesetzte Gleisnaht hüpfte, das Gleichgewicht verlor, mit den Händen rudernd nach Halt suchte, ihn kurz fand – zu kurz, um sich zu retten; lange genug, um sich im Fall noch einen ungünstigen Drall zu verleihen – und sodann mit entblößtem Glied und koppheister in den Gleisschotter stürzte. Dort mit dem Gesicht auf die faustgroßen Steine schlug, was hässliche tiefe und stark blutende Platzwunden an seinen Augen, Lippen und an der Nase hinterließ und einen etwa drei Zentimeter tiefen, pyramidenförmigen Abdruck eines Steines in den Schädelknochen seiner linken Schläfe presste. Dazu landete er noch so ungünstig im Gleisbett, dass sein linker Arm in Schulternähe exakt zwischen den beiden Achsen des folgenden Waggons auf die Schienen geriet, dessen hinteres rechtes Eisenrad sogleich unbeeindruckt durch Kleider, Fleisch und Knochen des Kanoniers G. aus P. glitt und ihm den Arm fein säuberlich so kurz über der Achselhöhle abtrennte, dass der größte Teil seiner Achselhaare beim Kanonier selbst verblieb, ein kleiner Teil der braunen, gekräuselten Wolle aber nun mit und an dem abgetrennten Kanoniersarm zwischen den Schienen lag. Aus der Arteria brachialis pulsierte das Blut auf die Schiene, lief zwischen die Steine und versickerte darunter.
Gleichzeitig brüllte der Kanonier G. aus P. einen tiefen, feuchten Schrei und aus den Waggons sprangen ihm zahlreiche Männer zu Hilfe, brachten mit ihrem Rufen und Winken den Zug zum Bremsen und schließlich rund hundert Meter weiter zum Stehen. Zogen den Verwundeten aus dem Gleißbett in das

weiche grüne Gras direkt daneben und versuchten, ihn zu versorgen. Während der Kanonier langsam vor Schmerz, Schock und Blutverlust in die Bewusstlosigkeit driftete, klemmte ein beherzter Sanitäter, der auf dem Weg zu seinem dritten Einsatz an der Front war, von sich sagen konnte, schon viel gesehen zu haben, und aus einem der Waggons am Ende des Zuges gesprungen war, das offene Ende des großen Blutgefäßes gekonnt und seelenruhig zwischen gekrümmten Zeige- und Mittelfinger seiner rechten Hand ein und presste es fest zusammen, um den Blutfluss zu stoppen. Ein anderer Soldat riss sich seinen Gürtel aus der Hose, zog ihn, so gut es ging, um den kurzen Stumpf und band ihn ab – mithilfe seiner Bajonettscheide, die er durch den Gürtel schob und dann drehte, bis sich die Schlinge immer fester zuzog. Daraufhin legte man den Kanonier auf eine Trage, die man, gelernt ist gelernt, rasch aus einem Stück Zeltplane und zwei Fahnenstangen baute, benetzte seine Lippen mit klarem Korn oder Kümmel aus einer irdenen Flasche, die von weit hinten bis zum Unfallort durchgereicht worden war, und während zwei umstehende Soldaten die Beine und Schultern auf Anweisung des Sanitäters festhielten, schüttete dieser großzügig und mit gekonnter Handbewegung einen großen Teil des Schnapses über die offene Wundfläche am Armstumpf und sodann einen kleineren zunächst zwischen seine, dann zwischen die halb geöffneten Lippen des Kanoniers. All das ließ den Kanonier G. aus P. in seiner Bewusstlosigkeit nahezu unberührt und so wurde er ohne Probleme in Augusts Waggon verfrachtet, während der Zug bereits sein Triebwerk erneut unter Dampf setzte und dann langsam stampfend und blasend anrollte, dem nächsten Lazarett entgegen.

Da es mittlerweile aufgehört hatte zu regnen und sich der Lokführer angesichts des Unglücks entschieden hatte, seine Lokomotive stärker zu befeuern und die Geschwindigkeit zu erhöhen, platzierte man die Trage mit dem verletzten Kanonier direkt an der offenen Waggontür, sodass ihm der Fahrtwind beständig ins Gesicht wehte und es kühlte. Und obwohl er während der ganzen Fahrt in tiefer Besinnungslosigkeit lag, würde sich der Kanonier die wenigen verbleibenden Jahre – bis er alleine, aber samt seiner Träume von einer Theaterkarriere an einem sonnigen Juniabend in einem Hospital der Stadt Oklahoma an den Folgen der Spanischen Grippe verschied – immer an das beruhigende, monotone Rattern der Eisenbahnräder und den lindernden Luftzug erinnern, der über seine schweißnassen und fiebrigen Wangen fuhr, bevor man ihn einem kurz hinter der Front gelegenen Feldlazarett übergab, in dem man die klaffende Wunde fachmännisch und routiniert vernähte, ehe man ihn Wochen später als Kriegsversehrten nach Hause schickte, ohne dass er je auch nur eine Sekunde an der Front gewesen war.
Inzwischen waren die übrigen Soldaten, die in diesem Zug gesessen, gelegen und gestanden hatten, längst an ihrem Bestimmungsort angekommen; hatten sich am letzten Bahnhof zum Abschied kurz zugenickt und dann auf ihre Einheiten und an ihre Frontabschnitte verteilt, hatten gekämpft und waren – in nicht unwesentlicher Zahl – bereits gefallen oder verletzt worden oder wie der Kanonier im Lazarett und auf dem Weg nach Hause, um zu genesen.
August war am Endbahnhof als einer der Ersten in der offenen Waggongtür mit seinem Tornister auf dem Rücken in die Hocke gegangen, auf die zertretene Grasnarbe des Bahnsteigs

gesprungen, um J. zu helfen, das schwere Maschinengewehr zu entladen. Sie benötigten etwa eine halbe Stunde, bis sie sich im emsigen Getümmel am Bahnhof und zwischen den grauen Uniformen, den Ruinen, die offensichtlich einmal ein kleines Dorf gebildet hatten, und zwischen den Fahrzeugen orientiert hatten und einen lehmverdreckten Lkw mit zerrissener Plane über und einfachen Holzbänken unter dem verbeulten Spriegel gefunden hatten, der sie zu ihrer Einheit und an den ihnen zugewiesenen Frontabschnitt bringen würde. Nachdem sie die Kiste auf die Pritsche gewuchtet hatten, saßen sie noch einige Zeit schweigend rauchend einander gegenüber auf den Holzbänken, während nach und nach bekannte und unbekannte Gesichter eintrudelten und sich zu ihnen gesellten. Dann setzte sich der Lkw rumpelnd in Gang und holperte, gesteuert von einem mürrischen Gefreiten, neben dem ein Sergeant mit fahlem Gesicht und schmalen Lippen saß, etwa eine Stunde lang durch verschlungene Hohlwege und über Feldwege, vorbei an Feldern, die schon lange sich selbst überlassen worden waren, an verlassenen Höfen und Häusern. Schließlich erreichten sie ein kleines, stark zerstörtes Dorf, in dessen Mitte der Gefreite das Fahrzeug ruckelnd zum Stehen brachte – unmittelbar neben einem steinernen Brunnenbecken, das aus einer verbogenen, eisernen Pumpe gespeist wurde. Der Sergeant sprang vom Bock und befahl den Männern in trockenem Ton, abzusitzen und in einem der umstehenden Häuser Quartier zu nehmen.

August und J. luden ihr Gepäck und das Maschinengewehr ab und schleppten es unter den Augen der Soldaten, die sie mit einem kurzen Nicken, einem Augenzwinkern oder in völliger Missachtung kühl in Empfang nahmen, in das nächstgelegene

Haus, anscheinend die ehemalige Gaststätte des Dorfes. In der dem Dorfplatz zugewandten Flanke des schiefergedeckten Krüppelwalmdaches klafften zwei riesige Löcher von Artillerievolltreffern und gaben den Blick auf die Innereien des Dachstuhls aus hölzernem Gebälk und einer zerfetzten Zwischendecke frei. Die beiden Flügel der Eingangstür, die man über eine breite rötliche Sandsteintreppe mit sieben Stufen erreichte, waren aus den Angeln gehoben und einem neuen Zweck zugeführt worden. Nur vier rostige Angeln im Türsturz erinnerten noch daran. Um den Eingang zu verschließen, hatte jemand zwei schwere, löchrige Pferdedecken an den Türsturz genagelt. Eine davon schob August mit der linken Hand beiseite und trat dann mit gesenktem Kopf, die rechte Hand noch hinter sich an der Kiste mit dem Maschinengewehr, in die Gaststube.

Ihm schlug der warme und typische Kasernenmief nach ungewaschenen Männern, Tabakqualm, kalter Asche und ungelüfteten Räumen entgegen. Es war dunkel und nur einzelne Lichtstrahlen durchschnitten wahllos die staubige Dämmerung, da die zerschlagenen Fenster von innen ebenfalls mit Pferdedecken abgehangen oder von außen mit Brettern vernagelt worden waren. In den Streifen hellen Lichts wirbelte der Staub und geriet durch den Luftzug, der nun in den Raum strömte, in Bewegung. In der Gaststube selbst waren alle Tische und Bänke an die Wände geschoben, aus den Fenstern geworfen oder zu Kleinholz zerschlagen worden. Letzteres lag vor dem großen Kamin gestapelt, der in Sandstein gefasst war und sich im rückwärtigen Teil des Raumes befand. In der Mitte der ehemaligen Gaststätte standen vier große Tische, zu einem Geviert zusammengeschoben, umringt von langen, einfachen Holzbänken. Auf dem Tisch standen Flaschen, in deren Hälsen Kerzen steckten, die ihr Wachs Schicht für Schicht auf die Bäuche der Flaschen tropfen ließen. Dazwischen lagen und standen zerbeulte Zinnbecher sowie eine große Schale für die Asche der Zigarren, Zigaretten und Pfeifen, die hier während langer Skat- und Trinknächte geraucht wurden. In der hinteren rechten Ecke gab es eine kleine Theke, in deren Rücken ein kleines Fenster als Durchreiche und ein mit frei schwingenden Lammellentüren versehener Durchgang in die Küche führten. Direkt daneben gelangte man durch eine weitere Tür zu einer Treppe in den Keller – an den Wänden dahinter erkannte August gelb flackerndes Kerzenlicht und hörte ein leises Murmeln, das aus den tiefer liegenden Räumen nach oben drang und sich in der Weite der Gaststube verlor. August blickte sich um, sah J. ins Gesicht und bedeutete ihm mit einem Nicken, ihm in Richtung der Tür und des Murmelns zu folgen. Sie durchschritten den Gastraum, das Maschinengewehr in seiner Kiste noch immer zwischen ihnen, und stellten die schwere Last vor der Theke auf den Boden, legten die Tornister und ihr Gepäck darauf und gingen zur Tür. J. hielt sich hinter August und so erreichte der als Erster den Türrahmen, hinter dem die steile Kellertreppe mit einer scharfen Wende nach links auf steinernen Stufen, die sich durch die Tausenden Schritte der Jahrzehnte in der Mitte stark abgenutzt und eine entsprechende, blank polierte Vertiefung hatten, nach unten führte. Im Treppenhaus selbst gab es keine Lichtquelle, aber an die Wand, auf die August blickte, als er auf der obersten Stufe stand, fiel aus dem Keller ein schwacher Lichtschein und auf dem schmutzig grauen Putz beobachtete er das Tänzeln sich bewegender Schatten.

Die vermischten sich mit dem undeutlichen Gemurmel vom Ende der Treppe, und weil er die Ursache von Feuer, Schatten und Stimmen nicht sehen konnte, schien es August, als seien die Schatten selbst die Quelle des Gemurmels und sprächen in einer geheimnisvollen, unbekannten Sprache zu ihm.
Die Decke des Treppenhauses war recht niedrig und in den Ecken hatten sich Generationen von Spinnennetzen in-, über- und miteinander verwoben. Darin hingen verkalkte Spinnenkörper, Staub und Fliegen. August zog automatisch den Kopf etwas ein und schritt auf die nächste Stufe der Treppe. Er roch die kühle Feuchte des Kellers, alten Staub und Salpeter, Tabakrauch und die erdige, faule und abgestandene Luft. Während August seine mit Nägeln besetzte Stiefelsohle auf die nächste Stufe setzte, wurde man in den Kellerräumen des Besuches gewahr und jemand rief sie an. In dem Moment, als sich August zu erkennen gab, bog er um die Treppenwendung und trat mit einem letzten Schritt in den Kellerraum – J. direkt hinter ihm.

15 Salz

Have you ever been a part of something
that you thought would never end?
Rise Against „Everchanging"

August lag noch immer auf dem Bauch, als er, lange nach dem Sturmlauf der englischen Soldaten, aus der Bewusstlosigkeit erwachte und sich erbrach. Schleim, Magensäure und Wasser wallten an seinem Gaumenzäpfchen vorbei, durch seine Nasenlöcher und seine Mundhöhle und liefen, an seinen Lippen angekommen, träge in die Mundwinkel und sein Kinn hinab. In seiner Nase, den Nebenhöhlen und bis hinauf in die Stirnhöhle brannte der scharfe, saure Geruch der Magensäure, aus seinen Augenwinkeln schossen Tränen, und als er seine Hände vor Schmerz in die Erde grub, schob sich frischer Lehm unter die braunen Ränder seiner Fingernägel und drängte den alten Dreck hinaus. Trockenes Würgen ließ seinen Magen und sein Zwerchfell schmerzhaft und unkontrolliert zusammenkrampfen und schon beim dritten Mal förderte der Würgereflex nicht mehr als ein quälendes Husten und weitere Tränen zutage. August atmete schwer und sein Herz schlug so laut, dass er glaubte, es müsse die Stille des Schlachtfeldes wie gellendes Glockengeläut durchschneiden. Er atmete tief durch die Nase ein und den Mund aus und bremste die Atemluft mit

den Lippen, bevor er sie gleichmäßig hinausströmen ließ. Das Zucken seines Magens ließ langsam nach und der Würgereflex verlagerte sich in den oberen Gaumenbereich, ging in ein unkontrolliertes Husten über, das sich nicht recht zwischen Würgen und Räuspern zu entscheiden wusste. August stützte seine linke Hand auf und drehte sich über seine rechte Seite auf den Rücken, versuchte zu entspannen. Er presste seine oberen Schneidezähne auf seine Unterlippe, bis sie die trockene, blass rosa- und blaufarbene Haut durchstießen und aus einem schmalen Riss ein wenig Blut hervorsickerte. Er lag jetzt auf dem Rücken, die Arme ausgebreitet rechts und links seines Körpers. Seine Beine lagen übereinander und leicht angewinkelt im Dreck, sodass die Kniekehlen ein kleines Stück über dem Boden schwebten. Seine seitlichen Bauchmuskeln unterhalb der Rippen schmerzten vom Würgen. Auf seiner blassen Stirn stand der Schweiß in kalten Tropfen über den Poren.
Langsam gelang es August, seinen Atem zu beruhigen, und sein Brustkorb in der vollkommen verdreckten Feldbluse hob und senkte sich zunehmend langsamer. Der Sturmlauf der gegnerischen Seite war vorbei und August glaubte sich undeutlich daran zu erinnern, dass dem Angriff auch ein Rückzug der Angreifenden gefolgt war, was im besten Fall bedeutete, dass sich seine Lage und Position zwischen den Fronten verbessert oder zumindest nicht verschlechtert hatte. Ansonsten war Stille. Nicht einmal die einzelnen Gewehrschüsse, die sonst immer wieder und auch in den Feuerpausen der Artillerie über das Schlachtfeld peitschten, waren zu hören. August fragte sich, ob diese Stille echt war oder in seinem Dämmerzustand begründet lag. Nach Monaten des andauernden Krieges an diesem Ort war all das, was hier seit jeher den

Geräuschteppich bildete, ins Nichts verschwunden. Die Bäume, die einst im Wind rauschten, waren von den Granaten zu Splittern und Holzstaub zermalmt, das Plätschern des Baches war Einschlag um Einschlag aus seinem Bett gedrängt worden und im schmutzigen Lehm des Schlachtfeldes versickert, und der Wind fand keine Ecken und Kanten mehr, um die er pfeifen konnte.

August schluckte trocken, hörte das laute Schmatzen, das sich synchron zum Auf- und Abspringen des Adamsapfels aus seiner Kehle wand, und schloss die Augen. Wenn er die Lider fest zusammenpresste, begann es in seinen Ohren zu rauschen. Es war ihm, als höre er das Blut durch sein Gehör strömen, und je fester er die Lider zusammenkniff, umso schwindeliger wurde ihm. Als der Schwindel so stark wurde, dass er dachte, er kippe rückwärts über seine Schulter in eine schwarze Schwerelosigkeit, öffnete er seine Augen wieder und atmete weiter gleichmäßig ein und aus. Nach etwa einer Viertelstunde fühlte er sich wieder einigermaßen hergestellt und schaffte es, seinen Oberkörper anzuheben, sich auf Ellbogen und Unterarme aufzustützen. Reglos starrte er einige Sekunden vor sich hin, bis er schließlich in seine Tasche griff, ein letztes Stück Schokolade herausnahm und es mit einem Mal verspeiste. Der Zucker tat schnell seine Wirkung und August wurde wacher.

Ohne zu wissen warum, dachte August plötzlich an Lotte. Sah ihr mit Sommersprossen übersätes Gesicht. Sah, wie sie den Kopf leicht zur Seite neigte, als sie ihn am Morgen seiner Abreise auf der Allee abgepasst hatte, wie sie ihn durch die halb geschlossenen Lider anblickte. Dachte an die kleine Strähne, die sich aus ihrem locker nach hinten gebundenen Haar gelöst

hatte und vor dem hellen Ball der Morgensonne über ihrem Kopf wehte, bis sie sie mit einer beiläufigen Bewegung hinter ihr kleines, leicht abstehendes rechtes Ohr strich. Roch die kernseifige Sauberkeit ihres Halses und den süßen Duft ihrer sonnengebräunten Haut, unter der sich jede Bewegung ihrer Muskeln abzeichnete, roch die kleinen blonden Härchen, die sich stets aufstellten, blies der kalte Morgenwind eine Gänsehaut auf sie. Schmeckte das Salz ihrer spröden Lippen, von denen sich in kleinen, feinen Rissen hin und wieder Haut aus dem Lippenrot löste; schmeckte die bittere Süße ihrer kleinen, kräftigen Zunge und fühlte ihren schmalen Nacken, den er mit einem Griff fast komplett umfassen konnte, wenn sie ihn umarmte; fühlte, wie sich die Dornfortsätze der Halswirbel unter der Haut verschoben und in seine rauen Handinnenflächen drückten. Spürte die beiden Beckenknochen, spürte ihren Bauch, den sie bei diesem ersten und letzten Kuss ganz sanft und fast unmerklich nach vorne gedrückt und gegen ihn gepresst hatte, während sie mit ihren schönen, ebenen Zehen, deren zweiter den großen Zeh um etwa einen halben Zentimeter überragte, auf seinen Füßen stand und er mit ihr zusammen einen kleinen Schritt tat und sie ihre Arme für einen kurzen Moment fester um seinen Hals schloss und sie ihre schlanken Finger tief miteinander verschränkten.
Und er erinnerte sich an den Brief, den Lotte ihm an diesem Morgen ohne Kommentar in seine Tasche gesteckt hatte und den er seitdem unzählige Male gelesen hatte und stets sorgsam verschlossen in einem kleinen Beutel um seinen Hals trug. Er nahm seine Feldflasche, in der sich noch ein Rest Wasser befand, und nachdem er den Verschluss aufgedreht hatte, goss er sich den größten Teil in seine rechte Hand,

stellte die Flasche zur Seite und rieb seine Hände ineinander, um sie vom schmierigen Dreck der Erde des Schlachtfeldes zu befreien. Das gelang ihm mehr schlecht als recht. In den feinen Falten der Fingergelenke, unter den Fingernägeln und in den rauen Fingerkuppen blieb der ewig braune Schmutz des Grabenkrieges, und nachdem er seine Hände an der mehr oder weniger sauberen Innenseite seiner Feldbluse getrocknet hatte, goss er das restliche Wasser aus der Flasche in seine hohle Hand und schlug es sich in Gesicht und den offenen Mund. Dann zog er Schleim, Rotz und den letzten Geschmack Erbrochenes aus Hals und Rachen, vermischte es mit dem Wasser in seinem Mund und spuckte alles in die Pfütze am Boden des Kraters. Er richtete seine Uniform, so gut es ging, rutschte den Hang etwas hinab, um sich aufzusetzen, ohne dass sein Kopf über den Rand des Kraters ragen würde, griff in die Halsöffnung seines Hemdes und fischte das Lederbändchen um seinen Hals heraus, an dem der kleine Beutel mit dem gefalteten Brief hing.

August,
was ich Dir nicht mehr von Angesicht zu Angesicht sagen kann, schreibe ich Dir, so gut ich es vermag. Der Hund liegt unter dem Tisch, sein weiches Kinn auf meinen Füßen, sein leises Schnarchen füllt die Stille meines Zimmers.

August, vergiss niemals, dass ich von heute an jeden Tag warte. Jeden Tag, den es dauert, bis Du wieder nach Hause kommst. Ganz genauso, wie ich bisher jeden Tag, den wir uns kennen, gewartet habe, dass die Tür aufschlägt und Du in den Laden kommst. Vergiss nicht, dass ich über die Wege spazieren werde, der Hund hinter

mir. Vergiss nicht, dass ich, wenn Du eines Tages wieder in unseren Laden trittst, nach vorne gehe, um Dich zu begrüßen. Als wärst Du gestern erst durch diese Tür hinausgegangen.
Ich weiß, dass wir uns wiedersehen. Ganz gleich, wann und wo wir uns wiedersehen. Egal, was ich in der Zwischenzeit getan, gesagt und gedacht habe. Ich werde warten – auch wenn niemand es sieht. Weil Du mein Einziges und mein Alles bist.

L.

In dem Brief waren außerdem zwei eng bedruckte Seiten, die fein säuberlich aus einem Buch getrennt worden waren. Er schlug sie auf und begann zu lesen. Sein Hals schmerzte, seine Augen brannten und sein Magen zog sich erneut hart und unerbittlich zusammen.

Unverhofftes Wiedersehen
von Johann Peter Hebel

In Falun in Schweden küßte vor guten fünfzig Jahren und mehr ein junger Bergmann seine junge hübsche Braut und sagte zu ihr: „Auf Sanct Luciä wird unsere Liebe von des Priesters Hand gesegnet. Dann sind wir Mann und Weib, und bauen uns ein eigenes Nestlein.“ – „Und Friede und Liebe soll darin wohnen“, sagte die schöne Braut mit holdem Lächeln, „denn du bist mein Einziges und Alles, und ohne dich möchte ich lieber im Grab seyn, als an einem andern Ort.“ Als sie aber vor St. Luciä der Pfarrer zum zweytenmal in der Kirche ausgerufen hatte: „So nun jemand Hinderniß wüßte anzuzeigen, warum diese Personen nicht möchten ehelich zusammen kommen.“ Da meldete sich der Tod. Denn als der Jüngling den andern Morgen in seiner schwarzen Bergmannskleidung an ihrem Haus vorbey gieng, der Bergmann hat sein Todtenkleid immer an, da klopfte er zwar noch einmal an ihrem Fenster, und sagte ihr guten Morgen, aber keinen guten Abend mehr. Er kam nimmer aus dem Bergwerk zurück, und sie saumte vergeblich selbigen Morgen ein schwarzes Halstuch mit rothem Rand für ihn zum Hochzeittag, sondern als er nimmer kam, legte sie es weg, und weinte um ihn und vergaß ihn nie. Unterdessen wurde die Stadt Lissabon in Portugall durch ein Erdbeben zerstört, und der siebenjährige Krieg gieng vorüber, und Kayser Franz der erste starb, und der Jesuiten Orden wurde aufgehoben und Polen getheilt, und die Kaiserin Maria Theresia starb, und der Struensee wurde hingerichtet, Amerika wurde frey, und die vereinigte französische und spanische Macht konnte Gibraltar nicht erobern. Die Türken schlossen den General Stein in der Veteraner Höle in Ungarn ein, und der Kayser Joseph starb auch. Der König Gustav von Schweden eroberte russisch Finnland, und die französische Revolution und der lange Krieg fieng an, und der Kaiser Leopold der zweyte gieng auch ins Grab. Napoleon eroberte Preußen, und die Engländer bombardirten Koppenhagen, und die Ackerleute säeten und schnitten. Der Müller mahlte, und die Schmiede hämmerten, und die Bergleute gruben nach den Metalladern in ihrer unterirrdischen Werkstatt. Als aber die Bergleute in Falun im Jahr 1809 etwas vor oder nach Johannis zwischen zwey Schachten eine Oeffnung durchgraben wollten, gute dreyhundert Ehlen tief unter dem Boden gruben sie aus dem Schutt und Vitriolwasser den Leichnam eines Jünglings heraus, der ganz mit Eisenvitriol durchdrungen, sonst aber unverwest und unverändert war; also daß man seine Gesichtszüge und sein Alter noch völlig erkennen konnte, als wenn er erst vor einer Stunde gestorben, oder ein wenig eingeschlafen wäre, an der Arbeit. Als man ihn aber zu Tag ausgefördert hatte, Vater und Mutter, Gefreundte und Bekannte waren schon lange todt, kein Mensch wollte den schlafenden Jüngling kennen oder etwas von seinem Unglück wissen, bis die ehemalige Verlobte des Bergmanns kam, der eines Tages auf die Schicht gegangen war und nimmer zurückkehrte. Grau und zusammengeschrumpft kam sie an einer Krücke an den Platz und erkannte ihren Bräutigam; und mehr mit freudigem Entzücken als mit Schmerz sank sie auf die geliebte Leiche nieder, und erst als sie sich von einer langen heftigen Bewegung des Gemüths erholt hatte, „es ist mein Verlobter", sagte sie endlich, „um den ich fünfzig Jahre lang getrauert hatte, und den mich Gott noch einmal sehen läßt vor meinem Ende. Acht Tage vor der Hochzeit ist er unter die Erde gegangen und nimmer herauf gekommen." Da wurden die Gemüther aller Umstehenden von Wehmuth und Thränen ergriffen, als sie sahen die ehemalige Braut jezt in der Gestalt des hingewelkten kraftlosen Alters und den Bräutigam noch in seiner jugendlichen Schöne, und wie in ihrer Brust nach 50 Jahren die Flamme der jugendlichen Liebe noch einmal erwachte; aber er öffnete den Mund nimmer zum Lächeln oder die Augen zum Wiedererkennen; und wie sie ihn endlich von den Bergleuten in ihr Stüblein tragen ließ, als die einzige, die ihm angehöre, und ein Recht an ihn habe, bis sein Grab gerüstet sey auf dem Kirchhof. Den andern Tag, als das Grab gerüstet war auf dem Kirchhof und ihn die Bergleute holten, schloß sie ein Kästlein auf, legte sie ihm das schwarzseidene Halstuch mit rothen Streifen um, und begleitete ihn alsdann in ihrem Sonntagsgewand, als wenn es ihr Hochzeittag und nicht der Tag seiner Beerdigung wäre. Denn als man ihn auf dem Kirchhof ins Grab legte, sagte sie: „Schlafe nun wohl, noch einen Tag oder zehen im kühlen Hochzeitbett, und laß dir die Zeit nicht lange werden. Ich habe nur noch wenig zu thun, und komme bald, und bald wirds wieder Tag. – Was die Erde einmal wieder gegeben hat, wird sie zum zweytenmal auch nicht behalten", sagte sie, als sie fortgieng, und noch einmal umschaute.

Im Feuer der Artillerie und der Maschinengewehre, im Lärm der pausenlosen Granateinschläge lag August zurückgelehnt in seinem Erdloch. Nahm den Lärm wahr, wusste, wo er sich befand, aber es interessierte ihn nicht. Er hatte die Augen geschlossen, ein kaum erkennbares Lächeln auf den Lippen, breitete sich in seinem Körper, in der Mitte beginnend und langsam nach außen fließend, eine sanfte und wohltuende Wärme aus. Sein Herzschlag verlangsamte sich, seine Muskeln entspannten und das Gewicht seines Körpers drückte jede Sekunde schwerer und mit seiner ganzen Masse auf den Boden, auf dem er lag.
Der Schlachtenlärm um ihn herum wurde leiser und verschwand in einer dumpfen Ferne, als er vor dem Schwarz seiner geschlossenen Augen Lottes Gesicht sah. Sah, wie er durch die Tür in den Laden trat, wie Lottes Mutter die Hände vor den Mund schlug, nach ihrer Tochter rief, die dann den Vorhang aus der Wohnstube beiseiteschob, den Kopf hob und ihm unmittelbar in die Augen sah. Und dann, ohne ein einziges Wort, langsam auf ihn zukam und ihn umarmte. Ihn schauderte, als er spürte, wie der warme Atem aus ihren Nasenlöchern strömte, während sich gleichzeitig ihre feinen Wimpern sanft bewegten und beides ganz leicht über die rechte Seite seines Halses strich, bevor er ihren Kopf zwischen seine Hände nahm und ihr unvermittelt – Nasenspitze an Nasenspitze –, ohne zu blinzeln, ohne zu atmen, ohne zu sprechen, in ihre wundervollen, weiten Augen sah.

16 Dreck

Und ich sah, und siehe, ein fahles Pferd. Und der daraufsaß, des Name hieß Tod, und die Hölle folgte ihm nach.
Offb 6,8

Der Kellerraum war vollgestopft mit den Bettstätten der Männer, die sich für die Zeit der Etappe hier einquartiert hatten. August fand sich in einem wilden Durcheinander aus Möbeln und Konstruktionen, deren Bestandteile die Männer aus den Häusern des Dorfes zusammengetragen hatten, um sich angenehme Nachtlager zu bauen. Matratzen und Decken auf Kisten, Bänken oder den blanken Boden gelegt; dazwischen Bettgestelle aus dunklem Holz mit kunstvoll ausgeschnittenen Seitenteilen, verzierten Kopf- und Fußenden, verschnörkelten Füßen in Tatzenform; Kanapees, Sessel und riesige Tische, deren Platten mit allerlei stofflichen Accessoires gepolstert worden waren – alles, um den Soldaten in den wenigen Stunden, die sie sich von den Stunden an der Front erholen durften, eine möglichst bequeme und komfortable Schlafstätte zu geben.

Aus dem hinteren Bereich des Kreuzundquers der Kojen tauchte eine Gestalt auf und musterte die beiden Neuankömmlinge zunächst schweigend, während die Person unter geräuschvollem Zischen an einer kalten Pfeife sog. Auf den ersten

Blick schien es August, als sei der Mann ebenso groß wie breit. Auf dem nahezu kugelrunden Körper mit kurzen Beinen und noch kürzeren Armen, die in fleischigen Händen endeten, saß ein runder Kopf. Mitten unter einer roten Knollennase spross ein gepflegter Schnauzbart, dessen Enden spitz zuliefen und waagerecht über die roten Pausbacken ragten. Der Mann sah aus, als sei er Modell für die Bilder und Zeichnungen gewesen, die man zu Hause als Nachrichten von der Front verteilte und von Hand zu Hand reichte. Dass die Soldaten an der Front nicht diesem Idealbild eines satten, rotgesichtigen deutschen Landsers aus dem Rheinland entsprachen, hatte August schon früh geahnt und schon bald gesehen. Umso mehr wunderte es ihn, diesem Hirngespinst in einem Keller kurz hinter der französischen Front nun doch zu begegnen. Der Dicke schritt direkt auf August zu, blieb nah vor ihm stehen und hob seine rechte Hand mit gekrümmten Zeige- und Mittelfingern – in der Art, wie es die Matrosen tun – knapp und lässig zum Gruß an seine Stirn. Er stellte sich als Uffz. S. vor, der hier in diesem Keller so etwas wie das Sagen habe, vorausgesetzt die

Situation erfordere jemanden, der das Sagen habe. August erwiderte den Gruß, stellte sie beide vor und sagte, dass sie auf der Suche nach einem Nachtlager und nach ihrer neuen Einheit seien, der man sie als Verstärkung mit einem Maschinengewehr zugeteilt habe.

Es stellte sich heraus, dass sie der Zufall auf die richtigen Männer hatte treffen lassen und August und J. als Verstärkung für die müden Kellerbewohner bestimmt waren. Schon am nächsten Morgen würden sie gemeinsam mit dem kleinen und auf den ersten Blick doch recht schadhaften Häuflein Soldaten an die Front zurückkehren. Angelockt von den Neuigkeiten, neuen Gesichtern und froh über die Verstärkung nach verlustreichen Tagen im Gefecht, kamen nach und nach mehr Männer aus der dunklen Tiefe des Kellerraumes, stellten sich vor, und so standen sie recht bald in einem Kreis von etwa fünfzehn Mann und mehr beisammen. Darunter auch weitere junge Soldaten, die wie August und J. erst in den letzten Stunden zu der Gruppe gestoßen waren. Sie plauderten und tranken etwas von dem lauwarmen Bier, das die Soldaten in großen Bügelflaschen im Schuppen der ehemaligen Gaststätte, in der sie nun hausten, gefunden hatten. Da der Aufbruch zurück an die Front aber schon für den frühen Morgen geplant und Schlaf ein rares Gut war, legten sich die Älteren der Einheit schon bald, der junge Nachschub um August und J. nicht lange danach zur Ruhe. Die Neuankömmlinge begnügten sich mit freien Ecken und Plätzen auf dem Boden, da Betten, Matratzen und andere bequeme Schlafstätten ausnahmslos schon von Schlafenden belegt waren.

Die Nacht war kurz und schon nach wenigen Stunden Schlaf – draußen war es noch dunkel und die Dämmerung kündigte sich mit einem verhaltenen violetten Streifen am Horizont an – spürte August J.s Hand an seiner Schulter. Die übrigen Männer machten sich bereits wortlos in flirrender Emsigkeit unter dem Klimpern der Essgeschirre, Gewehrläufe, Schnallen und Munitionstaschen für den unmittelbar bevorstehenden Aufbruch in die Gräben bereit; packten ihre wenigen Habseligkeiten in die Tornister, schnürten ihre Stiefel, Gamaschen, Riemen und Gürtel und machten sich auf, nebeneinander und hintereinander die Treppe aus dem Keller zu erklimmen und sich draußen bei einer Pfeife oder dem ersten Priem des Tages und einem Schluck dünnem Muckefuck aus dem verbeulten Topf über dem glimmenden Feuer auf dem Dorfplatz zusammenzufinden. Die Lkws für ihren Transport standen bereit. August war einer der Letzten, die erwacht waren. Da er aber lediglich seine Stiefel ausgezogen, ansonsten in kompletter Montur geschlafen hatte und sowohl er als auch J. nach ihrer Ankunft gestern erst gar nicht dazu gekommen waren, etwas von ihrem Gepäck auszupacken oder sich anderweitig einzurichten, hatte er sich recht schnell zusammengerauft und fand sich nun rechtzeitig bei den anderen ein, um Seite an Seite mit J. den trockenen, salzigen Rotz aus Nase und Rachen mit einem lauwarmen, gegurgelten Schluck Kaffee an die große Linde auf dem Dorfplatz zu spucken, während sie ihre Blasen erleichterten, in den Mundwinkeln eine glimmende Zigarette.

Insgesamt waren sie ein Haufen mehrerer Dutzend Männer, die letztendlich aus den umstehenden Häusern auf dem Sammelplatz zusammenfanden, und als sie vollständig, durchgezählt, geordnet und in Formation gebracht worden waren, gab ein schmächtiger Offizier den Befehl zum Aufsitzen.

Die Fahrt bis kurz hinter die Kampflinie dauerte etwa eine Stunde. Das lag weniger an der Entfernung – schon im Dorf hatte man die Explosionen der Front gut hören können und mit den weiterreichenden Geschützen gelang dem Gegner sogar hin und wieder ein Treffer mitten in oder zumindest in der Nähe der Etappe –, es lag also nicht an der Länge der Wegstrecke, sondern vielmehr an der Beschaffenheit der Strecke selbst und den zahlreichen Unwägbarkeiten, die sich den beiden Lkws in den Weg stellten. Es galt, im Zwielicht der Dämmerung und des morgendlichen Bodennebels Granattrichter zu umfahren, tief hängende Leitungen über den Straßen mit eigens dafür an die Seiten der Pritschen geschnallten Stangen hochzuhalten, während die Fahrzeuge darunter herfuhren; sie mussten anderes Militär passieren lassen, sich auf einer schmalen Allee in den langen Tross von Fußtruppen und Fahrzeugen einreihen und ihnen im Schritttempo folgen, bis sie an einer Kreuzung in Richtung des ihnen bestimmten Abschnitts abbogen. Dann auf einem deutlich seltener befahrenen, nicht befestigten Weg durch das Halbdunkel rumpeln und hier – geleitet nur vom funzeligen Licht der abgeblendeten Scheinwerfer des Lkw – um abgeknickte Baumstämme, verrottende Pferdekadaver, den ein oder anderen Findling, um alte Weidezäune und um große Wasserlöcher, die sich geschickt unter dem frisch wuchernden Gras versteckten, manövrieren. Schließlich gelangten sie an den Rand eines kleinen Birkenwäldchens und der Lastwagen glitt die letzten Meter auf dem weichen Untergrund fast lautlos auf eine Lichtung inmitten der Bäume, während der Motor mit einem holprigen Nachdieseln erstarb, die Scheinwerfer erloschen und das wenige Licht vor dem Lkw verschwand. Dunkelheit umfing die Männer für einen kurzen Moment, verstärkt durch das schon fast dichte Laub der jungen Bäume rundherum. Schnell gewöhnten sich ihre Augen an das Licht und der geflüsterte Befehl zum Absitzen drang leise bis zu ihnen auf die Pritsche vor. Schweigend begannen sie, vom Lkw zu steigen, sprangen von der hinteren Kante der Ladefläche in das weiche Gras, die genagelten Sohlen ihrer schweren Stiefel schlugen dumpf auf die Halme, die sich hart und widerstandsfähig meist wieder aufrichteten. Jeder schnallte sich sein Gepäck um und still versammelten sie sich unweit der Fahrzeuge in der Mitte der Lichtung. Das Grollen der Front war nun das alles beherrschende Geräusch in der feuchtkühlen Luft des Frühlingsmorgens und August spürte in seinen Füßen, wie der Boden unter der Wucht, Zahl und Dauer der Einschläge unablässig erzitterte. In den Blättern der Birken rauschte ein leiser Wind, den die Männer wegen des Schlachtlärms nicht hören konnten, als sie sich vollgepackt und im Gänsemarsch anschickten, das kleine Wäldchen auf der westlichen Seite zu verlassen. An der Spitze der Gruppe ging der junge Leutnant, den die klare, feuchte Luft an die Morgen erinnerte, an denen er als Internatsschüler eines Braunschweiger Gymnasiums mit seinem Zimmernachbarn zum Frühsport um den nahe gelegenen See gelaufen war, wobei die kalte, beißende Luft bis in die tiefsten Winkel seiner Lungen geströmt war.

Als er nun etwa fünfzehn Minuten später am Rande des Wäldchens seine Faust hob, um den hinter ihm gehenden Männern Halt zu signalisieren, beschloss er, diesen Gedanken später im Unterstand als Tagesvermerk in sein kleines, ledernes Kriegstagebuch zu schreiben.

Die Männer kamen zum Stehen und für wenige Minuten verharrten sie bewegungslos hintereinander am Rande des Wäldchens, das schnelle Atmen ihres Hintermanns in den Ohren, vor den Nasenlöchern graue Atemwolken, die auf Höhe der Stahlhelme auseinanderstoben. Die Ersten der Reihe hinter dem Leutnant sahen über dessen Schultern aus der Deckung der Birken hinaus auf eine kahle, matschige Ebene, die sich nach etwa achtzig Metern im Bodennebel und dem Rest morgendlicher Dämmerung verlor. Der Leutnant kniete sich und bedeutete den drei ersten Männern hinter ihm, direkt zu ihm aufzuschließen. Dann befahl er ihnen, aus dem Dickicht des Waldes heraus schnell zu einer leichten Bodenwelle vorzudringen, die sich etwa dort befand, wo das Feld vor ihnen im Nebel verschwand und Erde, Himmel, Nah und Fern zu einem einzigen, unklaren Gemisch verschwammen. Die Männer tauschten kurze Blicke aus, zurrten die Gurte ihres Gepäcks fest, nahmen ihre Gewehre fester in die Hände und nach drei Schlägen mit der Faust gegen ihre Stahlhelme liefen sie gebückt und so schnell, wie es eben ging, zur Bodenwelle, um sich dahinter bäuchlings auf den Boden zu werfen, die Läufe ihrer Karabiner Richtung Westen. Der Leutnant zählte im Geiste dreimal bis sechzig. Als nichts geschah, schickte er die übrigen Männer in kleinen Gruppen und im Abstand von etwa zehn bis fünfzehn Meter auf die Reise, bis er schließlich mit den letzten beiden, August und J. samt ihrem Maschinengewehr, selbst aus der Deckung brach.
August rannte gebückt als mittlerer der drei, eine Hand an der Kiste mit dem Maschinengewehr, J. vor sich, den Leutnant hinter sich. Der eiserne Tragegriff schnitt sich in seinen Handballen, sodass er kurz dachte, er verlöre den Griff und ließe die

Fracht fallen. Schließlich aber erreichten auch sie die Bodenwelle, hinter der nun, dicht gedrängt und in spärlicher Deckung, alle Männer der Gruppe nebeneinanderlagen und Wangen und Bärte in den Lehm drückten. Als August sah, dass der Leutnant neben ihm vorsichtig den Kopf hob, um nach vorn zu blicken, auf seinen Kompass sah und wiederaufschaute, wagte auch August den Kopf zu heben und einen Blick in Richtung der Front zu werfen, die er in Kürze zum ersten Mal erreichen würde und der sie schon merklich nahe gekommen waren. Von ihrer Position aus konnte man etwa achtzig bis einhundert Meter weit durch den milchigen Nebel sehen. Sie befanden sich jetzt im Niemandsland zwischen Etappe und direkter Frontlinie. Die Geschütze der Gegner feuerten entweder über sie hinweg in die Richtung, in der sie Nachschub und Versorgung vermuteten, direkt in die Gräben oder in einem dichten Vorhang dahinter, um neuen Männern – wie der Gruppe um August – das Nachrücken zu erschweren. Irgendwo im Nebel, etwas über hundert Meter voraus, begann das verzweigte Grabensystem der deutschen Verteidigungslinie, das der Leutnant mit seinen Soldaten zu erreichen versuchte. Vereinzelt schlugen in und hinter den Nebelbänken Granaten ein, sodass August die Explosionen laut wie nie zuvor und das Aufklatschen der emporgeschleuderten Erde nach einem Einschlag hörte. Bei nahen Treffern konnte er sogar die Placken Erde erkennen, die zunächst durch die Luft rotierten, dann mit einem satten Schmatzen aufschlugen und dabei in unendlich viele Erdkrumen zerbarsten.

Der Leutnant hatte sich mittlerweile wieder zurückgelegt und fasste August an der Schulter. Mit der rechten Hand wies er neben seinem Kopf hinter die Bodenwelle, zeigte mit der

linken drei Finger, deutete dann auf August, J. und den nächsten Mann hinter ihnen, ballte eine Faust und wies dann mit dem Zeigefinger in die gleiche Richtung, in die er auch mit der rechten gezeigt hatte. August hatte verstanden, gab den Befehl an J. und der schließlich an den dritten Mann weiter. Alle drei drehten sich vollends auf den Bauch, knieten sich geduckt, August und J. je mit einer Hand an der Kiste mit dem Maschinengewehr, der dritte Mann, den August im Augenwinkel als einen der Kellerbewohner aus der Etappe wiedererkannte, ein schweigsamer, schmaler Kerl, vielleicht dreißig Jahre alt, der August am Morgen freundlich zugenickt hatte. August zählte innerlich auf drei, erhob sich dann, um loszulaufen. J. am anderen Ende der Kiste zog er unweigerlich mit, der dritte Mann folgte ihnen auf dem Fuße.
Das schnelle Aufstehen, die Anstrengung des letzten und des neuerlichen Laufs und die eingeschränkte Sicht durch Helm, Licht und Nebel machten August für einen Moment orientierungslos. Seine Lunge brannte bereits nach den ersten Metern, die Maschinengewehrkiste zog ihn an seinem rechten Arm nach unten, der Boden unter seinen Füßen war weich, nachgiebig und sog die Sohlen der Stiefel leicht an, sodass August mehr Kraft als gewöhnlich aufwenden musste, um seine Füße für den nächsten Schritt wieder anzuheben.
Hätte der Leutnant, der hinter der Bodenwelle zurückgeblieben war, um in den nächsten Minuten – so er den Eindruck gewänne, August und seine beiden Kameraden seien als Vorhut wohlbehalten am Graben angekommen – die übrigen Männer in Gruppen nachzuschicken; hätte dieser Leutnant seinen Kopf gehoben, um den dreien nachzublicken, hätte er gesehen, wie der weiße Nebel nun die drei Soldaten

verschluckte und erneut lautlos, mit einer kaum wahrnehmbaren Bewegung hinter den schwarzen Silhouetten der Männer wie ein dichter Vorhang zusammenschlug.
In der Nebelschwade verkürzte sich Augusts Sicht schlagartig auf wenige Zentimeter. Die grobe Richtung der Gräben hatte er nach dem Handzeig des Leutnants ungefähr angepeilt und versuchte nun, möglichst geradeaus in einer direkten Linie von ihrem Startpunkt weiterzulaufen, in der Hoffnung, einen geeigneten oder wie auch immer gearteten Eingang zum Grabensystem zu finden.
Sie waren nun in schleunigem Schritt schon etwa eine knappe Minute unterwegs und August erwartete, jeden Moment das Ziel ihres Blindflugs zu erreichen. Die Richtung schien richtig, denn links und rechts, verborgen im Nebel, unsichtbar, aber nicht unhörbar, nicht unfühlbar, häuften sich die Einschläge einzelner Granaten, mit denen der Feind sich mühte, das Grabensystem für den nächsten Angriff zu schwächen. Noch immer liefen die drei: August als Erster, durch die scheppernde Kiste mit dem Maschinengewehr mit J. direkt verbunden, und dahinter keuchte der Schmale bei dem Versuch, Anschluss und seine rechte Hand am Koppel von J. zu halten. Das gelang ihm mehr schlecht als recht.
Augusts rechter Fuß trat ins Leere. Sofort verlor er das Gleichgewicht, der Schreck durchzuckte ihn wie ein Blitz, schauderte ihm innerhalb einer Nanosekunde über Nacken, Rücken und Arme und das Adrenalin schoss in seinen Körper. Instinktiv ließ er von der Maschinengewehrkiste ab und riss beide Arme nach vorn, schloss die Augen und versuchte, sich in eine günstige Fallposition zu bringen, als seine Stiefel immer tiefer ins Nichts tauchten, ihn sein Körpergewicht vollends

vornüberkippen ließ und auch sein anderer Fuß dem Körper folgend den Halt verlor. Gleichzeitig schlug die vordere Kante der Kiste hinter August in den Matsch und verkeilte sich. Bevor J. merkte, was vor ihm im Nebel geschah, und noch bevor er die Kiste loslassen konnte, bremste diese seinen Lauf abrupt ab und die eisernen Eckbeschläge schlugen sich kurz über seinem Gürtel in die Muskeln seines Unterbauches, sodass sein Zwerchfell schlagartig und unter einem lauten Seufzer die Luft aus den Lungenflügeln drückte und ihm den Atem nahm. Elle und Speiche seines rechten Unterarms schlugen gegen das Holz der Kiste, verbogen sich bis an die Grenze ihrer Flexibilität, da die Hand nach wie vor den Griff fest umklammerte, brachen aber nicht. Und während J. vornüber über die Kiste fiel und sich anschickte, mit dem Gesicht in den Matsch hinter deren jenseitigem Ende zu klatschen, um dann August in die Tiefe zu folgen, hatte dieser vollends den Halt verloren, den größten Teil seiner Flugbahn hinter sich und schlug am Boden des Loches auf, das sich als die hinterste Grabenlinie herausstellte, die sie zu erreichten suchten; biss sich dabei schmerzhaft auf die Zunge und knackste sich die dritte oder vierte Rippe auf der rechten Seite an, was er in den folgenden Tagen bei jedem Husten und Drehen stechend zu spüren bekam, nie aber mit Sicherheit wusste, da es ihm nicht angebracht schien, direkt am ersten Tag im Graben wegen einer selbst verschuldeten Tölpelei das Feldlazarett aufzusuchen.

Und während August nun also am Grund des Grabens lag, J. nicht wenig später auf und neben ihm landete, hatte der schmale Soldat aus dem Etappenkeller und dritter der Gruppe das Gepolter vor sich vernommen, das plötzliche Bremsen J.s

blitzartig erfasst und in einem eher instinktiven als gesteuerten Reflex seinen Körper – Kopf und Schulter voran – nach links geworfen, um einen Aufprall zu vermeiden.
Diese grundsätzlich sinnvolle Bewegung sorgte dafür, dass er an August und J. vorbei, also einige Dezimeter weiter links auf den Graben zusteuerte, der auch ungefähr auf dieser Höhe schlicht endete. Exakt an diesem etwas verbreiterten Ende hatten am vorigen Abend zwei Kanoniere – zum einen, um unbefugtes Betreten zu erschweren, hauptsächlich aber, weil sie vom Regen durchnässt, von den letzten beiden Tagen im Graben hungrig und vom fehlenden Schlaf müde waren – zwei lose aufgewickelte Rollen alten Stacheldraht, eiserne, angerostete Pfähle, zersplitterte, hölzerne Spanische Reiter und anderen, vor allem metallischen Abfall aufgetürmt. So trat nun, nach dem Bruchteil der Sekunde, in der er sich über sein Ausweichmanöver gefreut hatte, auch der dritte im Bunde mit seinem linken Fuß für einen ausgesprochen kurzen Moment ins Leere, bis sich recht bald die zersplitterte, noch fingerdicke, messerscharfe Spitze am Ende des Schenkels eines Spanischen Reiters unglaublich leicht zuerst durch die Stiefelsohle und hernach durch seinen kompletten Fuß bohrte. Dank Geschwindigkeit, Schwerkraft und Gewicht das Fleisch und die Mittelfußknochen ohne Mühe durchdrang, auf der oberen, schweinsledernen Seite des Stiefels wieder austrat und bereits einige Zentimeter blutbeschmiert herausragte, als das Fußgelenk des Soldaten geräuschvoll auseinanderbrach, da der Fuß dem vorne überkippenden Körper nicht länger folgen konnte. Mit einem erstickten Schrei riss der schmale Soldat sodann seine Arme nach vorn, nur um kurz darauf mit beiden Handflächen voraus im rostigen Stacheldraht zu

landen, der sogleich Haut, Muskeln, Sehnen und Knochen der Hände und Unterarme aufriss und durchtrennte, während sich ein Stück weiter vorne ein aufragender, leicht verbogener, dünner Eisenpfahl in das rechte Auge des Soldaten bohrte und durch Augapfel, Hirn und hinteren Schädelknochen stieß. Als der Kopf dann in den folgenden Minuten den Pfahl langsam und fast unhörbar quietschend hinunterglitt, bis sich das Gesicht zunächst mit der Nasenspitze und schließlich komplett und ganz sachte auf den feuchten Boden legte, als bette der schmale Soldat seinen Kopf zum Schlafe; als sich ein weiterer Schenkel eines Spanischen Reiters durch das Gewirr seiner Dickdarmschleifen bohrte; als all das geschah, da war der schmale Soldat bereits tot.

Das teilte man seiner Frau im fernen Magdeburg in geschönter und denkbar kurzer Form einige Wochen später schriftlich mit und fügte dem Schreiben außerdem einen Briefumschlag bei, in dem sich verschiedene Papiere nebst einem blitzblank polierten, nagelneuen Eisernen Kreuz zweiter Klasse befanden. Alles zusammen warf die junge Mutter, nicht lange nachdem sie die Wohnungstür ihrer kleinen Hinterhauswohnung hinter dem Boten verschlossen hatte und die ersten Tränen nicht einmal die Höhe ihrer Mundwinkel erreicht hatten, kurz entschlossen in das Feuer des Küchenofens, während sie mit wütenden, traurigen Augen auf die blasse Fotografie an der Wand darüber blickte und ihre Tochter in der Wiege schrie.

17 Stahl

Sieh dich mal um, all die Waffen sind scharf.
Ey, was hast du gedacht?
Gzuz „Was hast du gedacht?"

Beim Sturz in den Graben war August das stählerne Visier seines Helms kurz unter der Wurzel auf die Nase geschlagen, und aus dem Riss in der Haut floss das Blut nun warm, dick und rot über sein Gesicht, als er hinter dem Leutnant in leicht gebückter Haltung durch die Gräben rannte. Außer der angebrochenen Rippe und der blutenden Nase hatte August den Zwischenfall gut überstanden und J. war gänzlich ohne Blessuren davongekommen – was nicht zuletzt daran lag, dass er auf August weich gelandet und sein Sturz schon früh durch die Kiste des Maschinengewehrs gebremst worden war.

Nachdem die beiden sich aufgerappelt, die Kiste in den Graben gezogen und den Dritten ihrer Gruppe zerschlagen und tot im metallenen Geäst am Ende des Grabens gefunden hatten, wandten sie sich um und machten an der hinteren Grabenwand vorsichtig auf sich aufmerksam, um die ihnen nachfolgenden Männer vor dem Schicksal des Sturzes in den Graben zu bewahren. Als die nächste Gruppe sie erreicht hatte, übernahm diese die Lotsenarbeit für die nächsten und so weiter. So füllte sich der Graben stetig, die Angekommenen

rückten nach und nach auf, der junge Leutnant setzte sich wieder an ihre Spitze und führte den Tross zielstrebig durch das Wirrwarr der Gräben, Schächte, Unterstände, kurzen Tunnel, Erdlöcher und Wehrgänge.
Im Gänsemarsch, die rechte Hand jeweils auf oder am Rücken des Vordermannes, gingen die Männer rund zwanzig Minuten, während sich um sie herum über der kahlen Ödnis des Schlachtfeldes der Nebel langsam lichtete und die Sonne zaghaft ihr diffuses, polarisierendes Licht schickte, das die Männer die Lider zusammenkneifen ließ und auf den Augäpfeln schmerzte, wenn sie den Blick nach oben und über die Grabenkante hinweg in den Himmel richteten. August schlug das Herz bis zum Hals, mit jedem Schritt, den er tat, spürte er, wie er sich dem brüllenden, vibrierenden, alles verschlingenden Mahlstrom der Front näherte. Die Einschläge der Artillerie kamen näher und vermischten sich zu einer Angst einflößenden Geräuschkulisse, von der August die anderen Männer hatte sprechen hören. Eine Geräuschkulisse, die er sich aber niemals so infernalisch, so beängstigend und so unbarmherzig vorgestellt hatte. In seinen Ohren schrie Explosion nach Explosion und es schien ihm, als würde ihn allein das Geräusch des Krieges ausradieren. Wie das Wort eines zornigen Gottes zerriss allein die unerhörte Lautstärke August schier, je näher er ihr kam. Schlug ihm so unbarmherzig in den Magen wie die Faust von H. F. während einer letzten Schulhofschlägerei. Wabernde Übelkeit unter seinem Zwerchfell trieb einen schmerzenden Kloß in seinen Hals und ließ ihn schwindeln. August versuchte, sich so gut es ging zusammenzureißen, um die Vorwärtsbewegung der Gruppe nicht zu gefährden, und konzentrierte sich einzig und allein auf seine

Füße, in stetigem Wechsel voreinander gesetzt, ihm voraus der Rücken des Leutnants.

Bald kamen sie in einen Teil des Grabens, der deutlich tiefer ausgehoben war als alle Abschnitte, die sie bisher passiert und durchquert hatten. Zwar tiefer und ausgetretener, dafür aber ungleich unordentlicher und beschädigt. Und im Gegensatz zu Letzteren trafen sie hier auf andere Soldaten. August wurde ihrer zunächst gar nicht gewahr – bis er plötzlich bis ins Mark erschrak, als ihn aus der fahlgrauen Grabenwand zu seiner Rechten zwei glasig müde, halb geschlossene Augen anstarrten, ihm einige Meter folgten und sich in Zeitlupe – so schien es August – schlossen und wieder öffneten, einem zaghaften Nicken oder einem stummen Gruß gleich. Außer den Augen hatte August kein anderes Körperteil des Mannes erkennen können, selbst das Gesicht, in dem sich die Augen befunden haben mussten, hatte er nicht wahrgenommen, und so fragte er sich kurz, ob er einer Sinnestäuschung erlegen war. Aber von nun an häuften sich die Augenpaare, die ihn aus den Wänden des Grabens, seinen Konchen und den Eingängen zu den unterirdischen Gängen anblickten.

Im heller werdenden Licht erkannte August nun um die stumpfen, erschöpften Augen auch immer öfter graue Gesichter. Sah die eingefallenen Wangen, die bleckenden Zähne und schmutzigen Wangen, die verklebten Haare in zerfurchten Stirnen, die tiefgrauen Augenringe, die verklebten, schmutzigen Nasen der Männer und die zerzausten Schnauz- und Vollbärte, nur ein wenig dunkelgrauer als das Gesicht selbst. Er konnte Umrisse von Körpern erahnen, die sich aus dem dreckig graubraunen Erdreich schälten, umschlungen von verdreckten Mänteln und befleckten Feldblusen. Dicht davor umklammerten fahle, dürre Hände mit schlammunterzogenen und zerfetzten oder abgekauten Fingernägeln die schwarzen Läufe der Karabiner. Hin und wieder löste sich eine dieser Klauen und schob sich vor in Richtung der Vorbeieilenden, klopfte diesem oder jenem der Neuankömmlinge auf die Schultern oder öffnete sich langsam bei der geflüsterten Bitte um eine Zigarette. Einige der Gesichter spiegelten bereits das schwache Orange einer glimmenden Zigarre, Zigarette oder Pfeife wider; heller, wenn der Mann genau in dem Moment daran sog, als leuchtender Punkt in den Augen. Den Kopf leicht gesenkt, blickten dann schwarze Augen aus tiefen Höhlen den Passierenden nach, während die Füße des Rauchers in den Stiefeln oder Gamaschen meist bis zu den Knöcheln oder tiefer im Matsch der Grabenböden steckten. Und August schien es, als schlängen die mächtige Dunkelheit der Gänge, die zähe, klebrige Erde der Grabenwände und die schmutzigen Lappen der Uniformen finstere Arme um die Männer, hielten sie in festem Griff auf ihrer dunklen, feucht-kühlen Seite.

Was zu Beginn ihres Marsches noch ein intaktes und geordnetes Grabensystem gewesen war, präsentierte sich den Neuankömmlingen immer mehr als zerfasertes, zerrissenes Chaos von Furchen in der Ebene des Schlachtfeldes. Verwinkelt und irr vorangetrieben, zerfleddert von Hunderten und Aberhunderten Einschlägen der Granaten, ausgetreten von den Tausenden gerannten, gestolperten, patrouillierten, geschlenderten, ankommenden und verlassenden Schritten der Soldaten, die sich diese Gräben im stetigen Wechsel zwischen Etappe und Front für einige Tage als Aufenthaltsort teilten.

Hätten sie von oben auf die Szenerie blicken können, zum Beispiel aus einem der wenigen bemannten Fesselballons, hätten sie auf zwei gegenüberliegende, weit verzweigte Grabensysteme gesehen, die sich wie ausgedehnte Geflechte aus Adern – von der dicken Aorta bis zum feinsten Kapillar – durch die Landschaft fraßen und mit ihren Ausläufern aufeinander zustrebten. Zwischen ihnen ein schmaler Saum totes, namen- und herrenloses Gewebe. In den Gräben Soldaten – mal pulsierend schnell und mal zäh und langsam, mal als ruhende Ablagerung am Boden oder einer Seitenwand, mal in Bewegung als emsiger Botenstoff –, die sich in einer nimmer enden wollenden Bewegung durch das Geäst der irdenen Gefäße schoben, frisches oder gesäubertes Blut an die Frontlinie transportierten, während die alten, schadhaften, infizierten Körper zurückgereicht wurden, um den äußersten Vorposten des Landes und des Volkskörpers an seinen Grenzen am Leben zu halten – mal mehr, mal weniger wehrhaft und immun. Blieben durch fehlenden Nachschub frische Soldaten in einem der Grabenabschnitte aus, wurden die Ablagerungen an den Wänden zu dick oder die Wände selbst im Beschuss zerstört, kam es zum Infarkt und der Unterversorgung des dahinterliegenden Teiles – mit der Folge eines kompletten und breiten Ausfalls oder lediglich der Lahmlegung eines mehr oder weniger bedeutenden Teilabschnitts. Hin und wieder gelang dem jeweils gegenüberliegenden Gefäßsystem eine Infektion der fremden Gräben. Dann flossen die Soldaten aus den eigenen Gräben durch das aufgewühlte Gewebe dazwischen und strömten, soweit sie das feindliche Ufer erreichten, in das fremde System, versuchten, die Verteidiger von ihren Plätzen zu vertreiben und ihren Platz einzunehmen, um von hier aus immer weiter und tiefer vorzudringen, darauf bedacht, den Organismus gänzlich zu übernehmen und zu zerstören.

All das sah August nicht. Aber August sah die beängstigende graubraune Farblosigkeit, die Blutspritzer, die organischen und anorganischen Überreste all derer, die hier vorne ihr Ende gefunden hatten, die Hoffnungslosigkeit in den Gesichtern derer, die er antraf, und die Angst bei all jenen, die ankamen, sah die vollkommene Abwesenheit von Schönheit.
Er dachte an Gräben und Gräber, an zu Hause, an Grün, an Gelb, an Wärme, an die Sonne und an eine große weiße Wolke, die sich vor den flirrenden, gelben Ball schob, an seinen Vater und daran, ob er seinen Vater hinter einem Augenpaar aus den grauen Wänden erkennen würde, ob sein Vater ihn selbst in einer Uniform erkennen und an diesem Ort vermuten würde, dachte an seine Mutter, die ihm mit ihrem rauen Handrücken über die rechte Wange strich, an seinen Hund, der ihm zur Begrüßung seine feuchte Nase ins Gesicht hielt.
Und er hörte unter dem Getöse der Explosionen das schwere Atmen der Menschen, das Rasseln ihrer Lungen, das Kratzen ihrer Bronchien, ihr Keuchen, ihre Seufzer, ihr Wimmern und Weinen, das Krachen ihrer Knochen, das Platzen ihrer Haut und das Knurren ihrer Mägen und das Ächzen ihrer Körper. Und immer wieder hörte er seinen Namen, leise und als flüstere ihn jemand hinter seinem Rücken, vertraut und ängstlich zugleich.
August schmeckte das Schwarzpulver der Explosionen, die knirschende Erde zwischen seinen Zähnen, den ranzigen Speichel seines trockenen Mundes, den pappigen Geschmack des Sägemehls in den Brotstücken, die Angst und den Schweiß in der Luft, schmeckte den Tod, süß und bitter, schmeckte das Salz, das der Wind in seltenen Brisen vom fernen Meer über das flache Land blies.

August roch die Verwesung und das Blut, die Krusten und das schwarze, faule Fleisch der Stümpfe, Wunden, Narben und Risse, roch den Nebel am Morgen und die Schwüle am Abend, den Gestank der Menschen um ihn herum, den Kot und den Urin der Menschen und Tiere, roch satt und schwer die Erde, die ihn allseits umgab, das modrige Holz der Unterstände und Brüstungen, das rostige Eisen des Stacheldrahts und der Bewehrungen, das Leder der Taschen und Schäfte, den Moder der Uniformen, das Erbrochene in den Ecken, roch das schmutzige braune Wasser am Boden des Grabens und in den Pfützen im Niemandsland.
All das fügte sich in der bedrückend uniformen Farblosigkeit, die sich August im immer heller werdenden Morgenlicht als unendliche Vielfalt aus Grau, Braun und Schwarztönen an den Wänden der Gräben offenbarte, zu einer plastischen Synästhesie des Todes, die ihn mit Macht in die Parallelwelt riss, die er mit seinem Sturz in den ersten Graben betreten hatte und aus der es bis auf Weiteres kein Entkommen zu geben schien.
Die Neuankömmlinge erreichten einen Unterstand, offenbar die Kommandozentrale des Frontabschnittes, in dessen nachtschwarzem Eingang der Leutnant verschwand und August bedeutete, im Graben zu warten, woraufhin dieser sogleich seinen Hals in die Öffnung reckte, begierig, einen Blick darauf zu erheischen, was sich im Inneren abspiele, und dann im flackernden Licht zweier Petroleumlaternen – eine unter der Decke baumelnd, eine auf einem Holztisch stehend und dem rußigen, schweren Qualm nach zu urteilen mit schlechtem Fett befeuert – einen bärtigen, älteren Offizier erkannte, vor ihm auf dem Tisch verschiedene Schreibutensilien und ein Stahlhelm aufgereiht, einen Karabiner und einen Degen an

die Tischkante gelehnt. Vor dem Tisch stehend, dem Offizier vis-à-vis, erblickte er den jungen Leutnant, beide Arme mit den Knöcheln der geballten Hände auf die Tischplatte gestützt, eindringlich auf den Zwirbelbärtigen einredend, während er dem Älteren nicht mehr als ein schwaches Nicken und ein gelegentliches Brummen wert schien, was – darauf ließen zunehmend heftige Gesten, nachdrückliches Kopfschütteln und ein, wenn auch recht zaghafter, Schlag auf die Tischplatte schließen – den jungen Leutnant zunehmend in Rage brachte. Als sich der Alte dann nach einem deutlich angestrengten Augenaufschlag in die Ordnung seiner Schreibutensilien vertiefte und dem Jüngeren so das Ende ihrer Unterhaltung signalisierte, stieß dieser in vollkommener Missachtung von Rangordnung, militärischer und sonstiger Etikette sowie des Anstands überhaupt einen gotteslästerlichen Fluch in Richtung des Sitzenden aus, was für den so Schimpfenden im normalen Alltag einer Kaserne ganz sicher vor ein Militärgericht und unbestimmte Zeit ins Loch, wahrscheinlich auch zu Peitschenhieben auf den blanken Rücken und vielleicht sogar zu Schlimmerem geführt hätte; jetzt aber, da sich der junge Leutnant spornstreichs auf dem Absatz umdrehte und unter weiteren Flüchen den Unterstand verließ, dem sitzenden Offizier lediglich ein mildes Lächeln unter seinem Schnäuzer sowie einen kurzen Blick dem wegtretenden Leutnant hinterher entlockte. Unter wutentbranntem Schnauben fegte der junge Leutnant aus dem Unterstand heraus, an August vorbei, und gab seinen Männern mit schroffer, aber deutlicher Handbewegung zu verstehen, ihm zu folgen, und führte sie in einen etwas weiter abseits gelegenen, ruhigeren Seitengraben, der vom Hauptgang der Front abseitig nach hinten ins Land stieß und in

einem kleinen Platz mündete. Hier teilte er seinen Männern mit, dass für diesen Morgen ein Sturmlauf gegen die feindlichen Gräben geplant und laut des Hauptmanns, dem er eben ihre Ankunft vermeldet hatte, bereits schon von ihnen durchzuführen sei, da sie als Ablösung mit sofortiger Wirkung den Dienst anzutreten hätten, während sich die Abzulösenden für den Abmarsch bereit machen und die Gräben Richtung Etappe verlassen würden. In etwa dreißig Minuten würde die eigene Artillerie für etwa eine Stunde den Beschuss der feindlichen Gräben verstärken und mit dessen Abflachen und Einsetzen des Sperrfeuers sei unverzüglich ein Vorstoß zu den feindlichen Gräben zu versuchen – was im Übrigen (ohne das Wissen der Soldaten) weniger mit der Absicht einer erfolgreichen Eroberung geschehen, sondern, dem Plan einiger Taktiker im sicheren Hinterland folgend, Kräfte und Aufmerksamkeit auf diesen Grabenabschnitt lenken sollte, während man einige Hundert Grabenmeter weiter nordwärts in Ruhe die letzten Vorbereitungen zur Zündung einer schweren Mine abzuschließen gedachte.
Nach seiner kleinen Ansprache befahl der Leutnant den Männern, soweit möglich Stellung in den Gräben zu beziehen und sich auf den baldigen Sturmlauf, so gut es ging, vorzubereiten. August und J. leisteten dem Befehl Folge und machten sich im Grabenabschnitt auf die Suche nach einer geeigneten Stelle für ihr Maschinengewehr und hofften, vor Beginn des Angriffs noch Positionierung und Ausrichtung abschließen und vielleicht sogar – darauf brannten sie im Speziellen – die ersten scharfen Schüsse im Gefecht abfeuern zu können. Auch die übrigen Männer schickten sich an, einen angemessenen Standort für sich und ihre Karabiner zu finden,

lugten in die Unterstände, bezogen die ein oder andere schlammige Pritsche, fingen sogar an, sich um einen der wenigen, desaströsen Tische in den Erdlöchern zu versammeln und sich – jeder auf seine ganz eigene Art und Weise – auf den bevorstehenden Sturmlauf vorzubereiten.
Rundherum detonierte und explodierte der Beschuss der feindlichen Artillerie und als der angekündigte Feuersturm der deutschen Artillerie einsetzte, steigerte sich der Schlachtenlärm – obwohl August das eigentlich nicht für möglich gehalten hatte – zu einem unbändigen Tosen, so laut, dass sich August und J. beim Ein- und Ausrichten des Maschinengewehrs ausschließlich über Gesten verständigen konnten. Das war nicht weiter schlimm, da sie blind und eingespielt jeden der Handgriffe mit traumwandlerischer Sicherheit ausführten – indes umsonst, da sie bis zum Beginn des Angriffs außer ein paar wenigen Richt- und Probeschüssen das automatische Gewehr nicht abfeuern sollten.
Als sich der Beschuss nach einer guten Stunde legte und schließlich komplett auf Sperrfeuer umstellte, hatten sich die Soldaten um August auf einem breiten Stück des Frontgrabens nebeneinander doppelreihig aufgestellt und warteten hinter den Brustwehren auf das gemeinsame Signal zum Sturmlauf. Zuvor hatten sich alle nach bestem Wissen und Erfahrung auf diesen Angriff vorbereitet. Hatten unnötigen Ballast am Mann durch zusätzliche Munition und Handgranaten ersetzt, die Karabiner aufmunitioniert, die Bajonette aufgepflanzt, ihre Spaten aufgeklappt und deren Kanten noch einmal geschärft, die Stiefel nachgeschnürt und überflüssige Kleider abgelegt, die Stahlhelme fest in die Stirn gezogen und den Kinnriemen geschlossen, Darm und Blase entleert und eine

Zigarette oder Zigarre geraucht, einen Schnaps, falls sie einen fanden, getrunken und sich gegenseitig aufmunternd zugenickt.
Dann, wie aus dem Nichts, brüllte der junge Leutnant seinen rauen Befehl zum Angriff, warf seinen rechten Arm in die Luft, in der Faust fest einen eisernen Totschläger umschlossen, rammte seinen linken Fuß auf die kleine Empore auf dem Boden des Grabens und flankte auf den Grabenrand. Beiderseits von ihm pflanzte sich der Schrei in den Kehlen der Männer fort, ohne auch nur für eine kurze Sekunde Todesangst und Zweifel wegzuwischen oder über den Geruch von Scheiße und Urin aus den Hosen, Tränenwasser in den Augenwinkeln und Erbrochenem auf den Hemden hinwegzutäuschen, das nicht wenige in unbändiger Angst vor ihrem ersten, nächsten oder letzten Angriff ausschieden. Das Gebrüll der Männer wehte ihnen in einer Bö voraus in das Niemandsland zwischen den verfeindeten Gräben und erreichte schon bald – August hatte den Graben just in diesem Moment verlassen, war nicht weiter als ein paar wenige Schritte gekommen – die feindlichen Gräben und löste dort, gleichsam eines unsichtbaren Fingers an jedem Abzug, die entfesselte Kraft der Verteidigung. Binnen einer Sekunde rotzten die Maschinengewehre ihre Projektile in Kaskaden den Stürmenden entgegen, spien die Läufe der Karabiner Kugel um Kugel, wahllos oder gezielt in Richtung August und seiner Kameraden. Die ersten Handgranaten wurden auf sie geschleudert, erreichten sie freilich nicht, detonierten aber in einiger Nähe, rissen Krater und warfen Erde.
August hatte nie zuvor solch nackte und extreme Angst gespürt. Schon in der ersten Sekunde, als er den Graben verließ,

hatte er J. aus den Augen verloren, obwohl sich die beiden die letzten Wochen täglich versprochen hatten, bei jedem gemeinsamen Angriff Seite an Seite zu rennen und aufeinander aufzupassen, den anderen nicht zurückzulassen und sich gegenseitig in jeder Situation zu helfen. Und während August um sein Leben rannte, links und rechts von ihm Soldaten fielen, an jeder möglichen Körperstelle von einem Treffer zerfetzt, aufgerissen, aufgeschnitten, deformiert, geöffnet und massakriert wurden, während er und seine Kompanie wie automatisch dem Leutnant an der Spitze folgten und unter Grunzen, Schnaufen und Schreien, die jede Einschüchterung des Feindes vermissen ließen, voranstürmten, hatten sich die Verteidiger in ihre Positionen eingefunden und schossen um ihr eigenes Leben und für das kleine Stück Schlamm, in das sie sich duckten, mit der Erbarmungslosigkeit des aufgestauten Hasses der letzten Wochen, der Resignation ihrer Situation und ihrer blanken Angst – ebenso verbissen, wie die Anstürmenden auf sie zurannten, getrieben von den gleichen Sinnestäuschungen. Und keiner von ihnen rannte, schoss, kämpfte und verreckte in diesem Augenblick für einen Kaiser, einen König oder ein Vaterland.

Aus den Augenwinkeln beobachtete August, wie ein kleiner, stämmiger Soldat, den er kurz vor dem Sturm nicht weit von sich rechts hatte sitzen und eine Zigarette rauchen sehen, mit seinem Fuß in ein Erdloch trat, wo sich – trotz der hohen Schäfte seiner Stiefel – sein Fußgelenk unnatürlich nach innen bog und der Mann seine Arme in die Luft und Handgranate und Karabiner von sich warf und noch im Fall, bevor er zu einem Schrei ansetzen konnte, von einer Kugel ins Gesicht getroffen wurde, worauf binnen einer Millisekunde sein Kopf

unter dem Stahlhelm in einer feinen roten Wolke aus Blut, Hirn und Knochen explodierte und der Torso des Mannes fast kopflos in den Lehm klatschte. Der Stahlhelm einige Meter weiter. Dabei meinte August, zwischen dem ganzen Schlachtenlärm, den Schüssen, dem Geschrei und dem Geratter deutlich das Platzen des Kopfes gehört zu haben. Wie ein zerplatzender Luftballon, aber dumpfer, satter und feuchter drang der Knall in sein Ohr. Hallte dort nach, oszillierte durch den Schädel und fraß sich von dieser Sekunde an in seine Erinnerungen.
August rannte weiter, blind, mit verschwommenem Blick, klammerte sich mit beiden Händen an seinen Spaten, sein Gewehr mit aufgepflanztem Bajonett trug er am Riemen über den Rücken. Als er die Ränder des Grabens auf der gegnerischen Seite als einer der Letzten erreichte, sah er seine Kameraden bereits im Nahkampf mit den Verteidigern. August umgriff seinen Spaten fester und fasste einen der Verteidiger in den Blick, der – etwas erhöht stehend, den Blick abgewandt – sich auf etwas am Boden seines Grabens zu konzentrieren schien. Ohne zu denken, sprang August über eine breite Abgrenzung aus Stacheldraht und holte dabei mit seinem rechten Arm aus, einem Speerwerfer gleich, richtete das Schaufelblatt des Spatens auf den blanken Hals des Mannes, der sich der Gefahr immer noch nicht bewusst war. Die letzten Meter hinter dem Stacheldraht bis zum Grabenrand überwand August mit zwei langen Schritten und warf bereits im letzten seinen Spaten dem Mann entgegen. Der bemerkte nun, dass er von August ins Visier genommen worden war, und drehte ruckartig und wachsam den Kopf seinem Angreifer zu.
Doch der Spaten hatte bereits Geschwindigkeit nach vorn aufgenommen und während August mit beiden Stiefeln im Matsch

kurz vor der Brustwehr einschlug und bremste, vollzog der Spaten seine Flugbahn weiter, bekam von Augusts Faust noch einen leichten Drall nach links und schlug sogleich mit der scharf gefeilten Grabkante des Schaufelblattes in das Gesicht des Verteidigers ein. In einer gedachten, etwa zwanzig Zentimeter langen, leicht konvexen Linie, beginnend unterhalb des linken Mundwinkels hinauf über das rechte Jochbein verlaufend, spaltete der Spaten das Gesicht des Mannes mit einer Leichtigkeit, die August über die Maßen erstaunte, musste er doch nicht einmal nach vorn drücken, hatte den Stiel vielmehr schon kurz vorher losgelassen und seine Finger nur noch leicht am Griffende des Stiels. Wie in nassen, feinkörnigen Sand glitt der Spaten unter weichem Knirschen in das Gesicht und den vor Schreck leicht geöffneten Mund des Verteidigers, riss seine linke Backe auf, schmirgelte seitlich am linken Unterkieferknochen und den dortigen Backenzähnen vorbei, durchschlug die unteren, linken Eckzähne und die oberen Schneidezähne, spaltete Nasenspitze samt Knorpel und dahinterliegenden Knochen sowie den Oberkiefer und teilte das rechte Jochbein mit einem sauberen Schnitt, bevor er etwa sieben oder acht Zentimeter tief im Gesicht des Mannes stecken blieb. Über das blanke Schaufelblatt ergossen sich Blut, Lymphe und Hirnwasser in Strömen, rannen zur Seite und tropften von dort hinab auf die Kleidung und den Boden; das Schreien des Verwundeten verkam wegen der Verletzung und der Tatsache, dass das Schaufelblatt tief im Rachen stak, zu einem gurgelnden, erstickten, nassen Röcheln, während sein Körper in die Knie ging und dabei nach hinten in den Graben sank. August griff wieder fester nach seinem Spaten, wollte ihn zu sich und aus dem Gesicht ziehen, musste aber feststellen, dass dieser fest im Schädel seines Opfers steckte. Deshalb sah sich August plötzlich dabei, wie er seinen rechten Fuß gegen die Stirn des Mannes stemmte, ihm Profil und Dreck in die Haut drückte und dann, mit seinem Fuß als Gegenhalt, den Spaten mit einem energischen Ruck herauszog, den Verwundeten sterbend oder bereits tot am Boden des Grabens liegen ließ, den Stiel des Spatens mit beiden Händen erneut fest umfasste und über seine rechte Schulter ausholte, bereit für den nächsten Schlag, denn er wurde sich bewusst, dass er inmitten des feindlichen Grabens stand.

[18] Kuchen

Gallia est omnis divisa in partes tres.
Gaius Iulius Caesar „De bello Gallico“

Ich weiß nicht mehr, was ich vom Kriege halten soll. An dem Tag, an dem uns der Aufruf des Kaisers erreichte, schienen alle in ein merkwürdiges, erregtes Fieber zu fallen. Die Kirchenglocken läuteten und die Männer, die jungen und die alten, hielt es nicht an ihren Werkbänken, Arbeitsplätzen und Stuben und es trieb sie auf die Straße. Sie standen vor den Häusern, den Läden und Werkstätten in kleinen Gruppen beieinander und diskutierten hitzig mal dieses, mal jenes Detail, schimpften oder sahen sich in ihren Vermutungen bekräftigt. Auch wir, die wir noch eben im Klassenzimmer saßen und uns den Schlachten vergangener Zeiten widmeten, fanden uns plötzlich mit roten Wangen auf dem Schulhof wieder. Wir scherzten, lachten, und nicht wenige von uns spürten den heißen Wunsch, in die Schlacht zu ziehen – angetrieben von unseren abenteuerlichen Herzen, verzaubert von den Erzählungen der Großväter und des geschriebenen Wortes in unseren Tornistern. Kindlich und siegesgewiss wie bei den Schneeballschlachten, die wir noch vor wenigen Monaten an gleicher Stelle miteinander fochten – die einen hinter der Holunderhecke als Franzosen, die anderen hinter der Schulmauer als

Landser des Kaisers –, war uns der Krieg so fern und doch so nah. Er kam uns vor wie ein aufregendes Spiel für Männer, das uns aus unserem immer gleichen Alltag riss. Die Augustsonne über uns am Himmel, die satten grünen Blätter der Bäume und der mächtig und ruhig dahinfließende Fluss waren mit einmal unser Vaterland, das von allen Seiten bedroht zu sein schien und unserer Tatkraft bedurfte, die wir ihm ohne die geringste Vorstellung der Konsequenzen zu opfern bereit waren.
Wir begriffen noch nicht, konnten uns nicht vorstellen, dass aus den Holzgewehren, den Steinen, den bunten Fahnen und den Papierhüten, mit denen wir als Kinder unsere Schlachten in den Wäldern gegeneinander schlugen, schon bald Karabiner, Handgranaten, Graben und Pickelhauben werden sollten. Wir wussten nicht, dass wir uns schon bald mit Tornistern ohne Bücher, dafür voller Kriegsgerät in den Höfen der Kasernen beim endlosen Exerzieren wiederfinden sollten; dass aus den blauen Augen, den aufgeschürften Knien und den Stirnwunden schon bald zertrümmerte Schädel, aufgerissene Bauchdecken, gesprengte Kiefer und verätzte Lungen werden sollten; konnten nicht sehen, dass wir in ungleiche Schlachten von

Fleisch, Feuer und Metall ziehen sollten und unsere besten Freunde kreischend und krepierend zurückließen, um unsere eigenen, armselig verschlammten Leben in den Schutz des nächsten Unterstands zu retten.
In dem Moment, in dem wir als junge Rekruten, als Frischlinge mit Bartflaum und sauberer Uniform, zum ersten Mal das unbändige Brüllen der Front hörten, die endlose Zahl der Verletzten in den Lagern und Zügen sahen und zum ersten Mal unsere Gewehre in Erwartung des Ansturms über die Brustwehren legten, das Bajonett aufpflanzten, bereit und doch nicht bereit zu töten, in diesem Moment war unsere von Vaterlandsstolz geschwellte Brust plötzlich erfüllt von lähmender Angst und quälendem Zweifel. Auf einmal waren wir auf der vergeblichen Suche nach der begeisterten Unbekümmertheit der sonnigen Tage im Sommer 1914.
Unsere Jugend endete mit den Blicken über die stählerne Kimme: in den Augen ein Gegenüber, das vor ein paar Monaten auch mit krummem Rücken, mit Schweiß auf der Stirn und dem Vokabelheft in der Hand über lateinischen Versen gebrütet hatte und beim Ertönen der Schulglocke hinaus in das Sommerwochenende und hinein in die elterliche Küche gestürmt war; übermütig die Bücher unter die Eckbank geschleudert und seiner Mutter einen Kuss auf die Stirn gedrückt hatte, während er mit vollen Backen an dem Stück warmen Kuchen kaute, das er sich von der Fensterbank gestohlen hatte, um dann lachend zu seinen Freunden an den Bach zu stürmen und die Arbeit am Staudamm des letzten Wochenendes wiederaufzunehmen.

19 Schatten

Out of the night that covers me
black as the pit from pole to pole.
William Ernest Henley „Invictus"

Die Nacht schlug behutsam ihre kräftigen, dunklen Schwingen in das Licht des Tages, strömte mit zarter Schwärze sinister in alle Winkel und waberte langsam über das graue Braun des Schlachtfeldes, schwappte in die Krater und Gräben, in die Unterstände, die finsteren Höhlen der Soldaten in den Grabenwänden, brandete auch über die Kanten in Augusts Trichter. Füllte die kleine Grube zu einem schwarzen, verwunschenen, stillen Tümpel, verbarg ihren schlammigen Grund, ihre feuchten Flanken und alles, was sich in ihr befand. Umfloss August weich und lautlos und hüllte ihn in einen kohlrabenschwarzen, barmherzigen Kokon aus Dunkelheit.
Weiter drängte und drückte die Nacht ihren strahlenden Bruder, den Tag, entriss ihm die Welt Stück um Stück, bis sie schließlich heimlich, still und leise ihre schweren schwarzen Flügel über die öde Mondlandschaft, die endlosen Gräben, die fahlen Männer in den endlosen Gräben, die unglücklichen Toten und die unglücklichen Lebenden gelegt, alles und jeden in ihrem kühlen, tiefen, lichtlosen Schlund verschlungen, den wenigen Rest Farbe aufgesogen und ihren erbarmungslosen,

eisigen Atem in einer unendlichen Palette aus grauen Schatten und Schwarztönen über die Welt gestülpt hatte. Ohne den geringsten Unterschied zwischen diesen und jenen, Angreifern und Verteidigern, zwischen Gut und Böse zu kennen.
Wie an jedem Abend, seit der erste Schuss dieses Krieges den Lauf verließ, wandelten sich mit dem Beginn der Finsternis die Verhältnisse, Regeln und Gesetze des Schlachtfeldes. Mit dem Ende des Lichts schwanden Sicht und Kontrolle auf allen Seiten. Führten die Parteien am Tage ihren Kampf sehenden Auges – aus den Kanzeln der Flugzeuge, den Körben der Fesselballons, den Okularen der Periskope, über die Ränder der Gräben oder aus den Sehscharten der vergrabenen Spähposten –, beraubte sie die Nacht ihres Sehsinnes. Die Abertausenden Leuchtraketen, die beide Seiten Nacht um Nacht in den Himmel warfen, verkamen zu verzweifelten Versuchen, der unüberwindbaren Dunkelheit die ein oder andere Sekunde ihrer übermächtigen Herrschaft abzutrotzen. Und auf die Gemüter der Männer in den Gräben legte sich mit jeder Dämmerung ein unsichtbarer, drückender Schleier, der ihnen Hoffnung, Mut und Zuversicht nahm und Angst, Paranoia und Verzweiflung in ihre furchtsamen Herzen pumpte. Denn obwohl die Dunkelheit zumindest das Sichtfeuer aus den Karabinern erschwerte und schwächer werden ließ, überspülte die Abwesenheit des Tageslichtes die Seelen der Männer mit jener kindlichen Urangst vor den dunklen, muffigen Treppen in die Keller ihrer Elternhäuser, dem nächtlichen Wald und den wachen, einsamen Nächten im finsteren Kinderzimmer. In jeder schwarzen Ecke, jedem Winkel, lauerte unsichtbar feixend der nächste Nachtmar, die zitternden, flackernden Schatten materialisierten sich zu Angreifern; die geschundenen Geister der Männer

fantasierten Albträume in das alles verschluckende, undurchdringliche, zähe Schwarz an der Grabenkante und die Terra incognita dahinter, die nur ab und zu unwirklich und in bizarrer Zweifarbigkeit flackernd von den herabregnenden Leuchtraketen erhellt wurde – zu kurz, um etwas zu erkennen; lange genug, um im geheimnisvollen Zwielicht alles zu sehen. Ein eisiger Schauer floss ihnen über die Glieder, wenn die Finsternis alle Geräusche lauter werden ließ und sie in den düsteren Ecken, hinter jedem Vorsprung das Böse wussten, sie jedes Geräusch, das sie nicht sofort einordnen konnten, von ihren Posten und Lagern hochschrecken ließ und sie mit weit aufgerissenen Augen und geweiteten Pupillen in die endlose Dunkelheit starrten, ihr aber nicht den geringsten Anhaltspunkt zur Ursache des Geräusches entreißen konnten.
Auch August fühlte sich mit Einbruch der Nacht in seinem Unterschlupf plötzlich unwohler und allein. Obwohl er sich den Tag über bereits ausreichend orientiert hatte und er wusste, welche Seite die seine, welche die feindliche war, er sich im Groben über seine Position im Verhältnis zu allen ihm bekannten Orientierungspunkten im Klaren war, befiel ihn mit Einbruch der Dunkelheit ein beklemmendes Gefühl. Er hatte im Laufe des Nachmittages bereits darüber nachgedacht, ob die Dunkelheit nicht eine gute Gelegenheit sei, um seinem Versteck zu entkommen und zu den Seinen zurückzukehren – allerdings hielt ihn die Tatsache davon ab, dass er bisher keine Gelegenheit gehabt hatte, mit einem ausgedehnten Blick über den Rand seines Verstecks die Umgebung und seinen Weg zu den deutschen Gräben in Augenschein zu nehmen, um zu verhindern, dass er in der Dunkelheit in fatale Hindernisse, wie Stacheldrahtsperren, Spanische Reiter oder Untiefen gelangen

könnte. Sicher hatte er für den Ausflug, der ihn in diese Situation gebracht hatte, mit seinen Kameraden auch den Schutz der Dunkelheit gewählt, um sich zwischen die Linien zu begeben, aber eben nicht, ohne die Gegend und ihr Operationsgebiet vorher ausführlich zu betrachten. Jetzt traute er sich schlicht nicht, sein Versteck zu verlassen, und beschloss festen Willens, in der morgendlichen Dämmerung und im Schutz des Nebels eine Heimkehr zu versuchen.

Das bedeutete aber gleichwohl, dass er auch die bevorstehende Nacht in seiner Grube verbringen musste. Die Aussicht darauf freute ihn nicht sonderlich, zumal August sich über den Tag bereits aller verfügbaren, kargen Annehmlichkeiten in seinem Gefängnis bedient und geraucht, seine Schokolade verzehrt, geschlafen, Lottes Brief gelesen und dem ausgiebig nachgesonnen hatte. Nun harrte er seinem Schicksal und verfolgte ängstlich, wie sich die Dunkelheit um ihn legte und der Blick aus seinem Versteck von Sekunde zu Sekunde kürzer wurde. Der Himmel versank zunächst in einem gewaltigen Dunkelblau und kleidete sich innerhalb kurzer Zeit in ein unergründliches Nachtschwarz, dem bald die ersten Leuchtraketen folgten. Direkt eine der ersten landete in seinem Graben und erleuchtete zischend und flackernd seine Grube.

Hätte exakt in den wenigen Sekunden, in denen die Rakete unterhalb des Bodenniveaus versank und ihre komplette Leuchtkraft in die kleine Grube drückte, hätte genau dann jemand aus diesem oder jenem Graben in die richtige Richtung geschaut, hätte er im flackernden Licht des kleinen Kessels für einen kurzen Augenblick, nicht länger als ein Zwinkern, einen sonderbaren Schatten erblicken können. Denn schon zu dem Zeitpunkt, als das Leuchten noch an seinem kleinen, seidigen

Fallschirm einige Meter über ihm schwebte, wusste August, dass es in seiner Grube landen würde, und verzweifelt dachte er nach, wie er sich am besten verhalten sollte. Er war sich bewusst, dass das heiße Feuer der Leuchtraketen eine Gefahr für ihn war, und er fürchtete, der brennende Stab würde auf ihm landen und ihn in Brand setzen. Gleichzeitig war ihm klar, dass er sich im Schein des Lichts, so es seine Grube erhellen sollte, nicht bewegen durfte, um keine verräterischen Schattenbewegungen zu verursachen, die einem aufmerksamen Beobachter verraten würden, dass sich Leben in der Grube befand. Angespannt verfolgte er also den Sinkflug der Rakete und beobachtete, wie sie langsam pendelnd zu ihm hinabsank und schließlich in seinen Trichter glitt. Erst als der schon komplett von dem sprühenden Licht ausgeleuchtet wurde, sah August, dass die Rakete direkt auf sein rechtes Bein zutrudelte, und er mühte sich, in den wenigen Sekunden, die das Leuchtmittel vom Grubenrand bis zu seinem Unterschenkel benötigte, Letzteren so langsam wie möglich und so schnell wie nötig aus der Flugbahn zu nehmen, um sich mit seinem Schatten einerseits nicht zu verraten und andererseits nicht in Brand zu geraten. Das gelang ihm allerdings nicht, ohne dass sich seine Bewegung im Schein des Lichts abzeichnete. Schließlich landete die Rakete sachte, kurz darauf legte sich der seidene Fallschirm sanft auf den Leuchtkörper, geriet augenblicklich mit einer kurz auflodernden Stichflamme in Brand, bevor er sich komplett in feine Asche auflöste und die Rakete schließlich in das braune Wasser am Grund des Trichters glitt und dort zischend, brodelnd und gurgelnd versank.

Augusts Herz schlug laut und kräftig vor Aufregung, er verharrte regungslos und lauernd in seinem schlammigen

Gefängnis und wartete, ob eine Reaktion auf die jüngsten Ereignisse folgte. Ob jemand im fahlen Licht der Nacht und in dem flackernden Licht der Leuchtrakete seiner gewahr geworden war. Doch in den folgenden Minuten passierte nichts Ungewöhnliches. Das Donnern der Artillerie, die wenigen Schüsse und die klare Geräuschkulisse des nächtlichen Schlachtfeldes änderten sich nicht, niemand schien Notiz von August genommen zu haben. So lag er noch eine Weile regungslos da und versuchte, sich auf die Nacht vorzubereiten.

Und wie er so dalag, vernahm August plötzlich ein leises Fiepen unter dem tosenden Geräuschteppich der nächtlichen Front. Zunächst war es nur ein einzelner, unregelmäßiger Ton, der irgendwo weit hinter seinem Kopf, außerhalb des Trichters seinen Ursprung zu haben zu schien. Schnell aber pflanzte sich das Geräusch fort, multiplizierte sich, wurde voluminöser, nicht lauter, breitete sich in alle Richtungen aus, schien schließlich überall rund um ihn herum zu sein, wurde als subtiles Grundrauschen unter den übrigen Lauten omnipräsent und riss unangenehm und unwiderstehlich Augusts volle Aufmerksamkeit an sich. August kannte dieses Geräusch. Hatte es schon einige Male zuvor gehört und wie auch die anderen Soldaten in den Gräben erfüllte es ihn mit Ekel. Es war das Fiepen von Ratten, Tausender und Abertausender pelziger, nagender Marketender, die dem Tross der Front, dem Tod und dem Aas des Krieges folgten und sich Tag um Tag und Nacht um Nacht an dem satt fraßen, was die blutige Schlacht auf ihre überreich gedeckte, schlammige Tafel spülte. Fett und vollgefressen, groß wie Katzen waren die Nager zum alltäglichen Begleiter der Soldaten geworden und gehörten untrennbar zum Bild der Front.

Die Ratten taten sich an Abfällen, Vorräten, Toten und dem Aas aller Seiten gleichsam gütlich und obwohl oder weil sie in ihrem instinktiven, egozentrierten Schicksal, ihr eigenes Fortkommen gegen jede Regel zu sichern, den Männern an der Front nicht ungleich waren, ließen die Männer keine Gelegenheit aus, die Nager auszulöschen, besetzten sie doch die fast identische Nische im Ökosystem der Front. Und so lauerten sie den Ratten in den Gräben auf, schlugen mit Spaten und Latten auf sie ein, verfeuerten in den Kampfpausen so viel ihrer kostbaren Munition auf die umhertippelnden Tiere zwischen den Gräben, dass es ihnen bald bei Strafe verboten wurde, ersannen trickreiche Fallen, sie zu töten, oder traten schlicht und ergreifend mit ihren schweren Stiefeln nach den Tieren, wann und wo auch immer sie ihrer ansichtig wurden. Trachteten ihnen so sehr und so ehrgeizig nach dem Leben, weil sie ahnten, dass die schmutzigen, zerzausten, vogelfreien Nagetiere ein furchtbares Abbild ihrer eigenen erbärmlichen Existenz waren. Ahnten, dass die Ratten instinkt- und triebgesteuert genau das waren, wogegen sie sich selbst so sehr zu wehren versuchten. Verwahrlost, entbunden jeglicher Moral und geworfen in einen gesetzlosen Raum, einzig geeint in der rudimentären Festlegung von Für und Wider, ahnten die Männer in den pelzigen, schnurrbehaarten, blutverklebten, stinkenden Antlitzen der Nagetiere ihr eigenes, verzerrtes Spiegelbild und fürchteten, dass bereits das Ausbleiben der nächsten Verpflegung sie veranlassen könnte, ihren schmerzenden Hunger ebenfalls schmatzend, schlingend und gierig am nächsten verfügbaren Stück Menschenfleisch zu stillen und auch noch die letzten Regeln der Menschlichkeit zu vergessen. Wussten, dass sie im täglichen, blutigen Schlachten ihrer Gegner mit Kugeln,

Bajonetten, Spaten, Totschlägern, Messern und Fäusten und bloßen Händen nicht besser waren als die Tiere, wenn sie sie beobachteten, wie sie sich quiekend auf ihre verletzten und schwachen Artgenossen stürzten und an den verwesenden Körpern ihrer gefallenen Kameraden nagten. Erkannten, dass sie in ihrer eigenen Gier nach jedem Stück verfaultem Brot, jeder Zigarette, jeder dünnen, warmen Suppe, die sie auch ihrem engsten Kameraden nicht gönnten, nicht besser waren als die Ratten, die sich im Schutz der Dunkelheit an die kargen Vorräte schlichen, sie stahlen, zernagten und auffraßen. Fürchteten die Nager, weil sie ihnen vor Augen führten, wie nah sie daran waren, stumme, rohe Golems zu werden, geschaffen aus Schlamm und Matsch. Hassten sie, weil sie wussten, dass auch sie selbst zur Nahrung der Tiere würden, sobald sie ihr erbärmliches Leben am Grund eines gottverlassenen Grabens aushauchen würden.

So führten die Soldaten einen zweiten Krieg gegen die Subkultur der nagenden Rasse, die sich zwischen ihnen breitmachte und ihnen die wenigen Ressourcen und Nahrungsmittel in diesem kargen Ökosystem streitig machte. Töteten die Eltern und die Nachkommen, versuchten den endgültigen Genozid und kämpften verbissen um jede Krume Brot und jeden Quadratmeter Schlamm. Und ebenso wie beide Seiten jeden Tag neue Männer an die Front karrten, war die pure Masse auch die Taktik der Ratten, um ihre körperliche und technische Unterlegenheit zu kompensieren, und so machten sie auch den Kampf an dieser zweiten Front zu einem aussichtslosen, unmöglichen Unterfangen. Sie vermehrten und vermehrten sich, fraßen, pflanzten sich fort, fraßen immerfort und reproduzierten ohne Unterlass. Schickten ihre Kindersoldaten unablässig in die

Schlacht und überschwemmten die Gräben und Gruben, das Niemandsland, die Unterstände und Höhlen, die Gruben und Verstecke täglich mit Tausenden neuen Kämpfern. Vor allem in den Nächten kamen sie aus ihren Verstecken, aus ihren Löchern und Winkeln gekrochen und übersäten die Erde manches Mal so dicht, dass die Männer, hätten sie die entsprechenden Stellen sehen können, nichts anderes als ein wimmelndes, pulsierendes Meer aus pelzigen Wogen erblickt hätten. Dann strömten sie bald in quiekenden Kaskaden über die Ränder der Gräben, fluteten die Unterschlüpfe der Männer und schwappten über alles, was sie als fressbar erachteten. Knöcheltief darin standen die Soldaten, aufgeschreckt aus dem Schlaf, die nächst greifbare Waffe in den Händen schlugen, feuerten, traten und schimpften sie wie von Sinnen in den haarigen Strom, der ihre Schlafstätten überzog, und für jedes Tier, das sie grimmig töteten, flossen durch den Eingang neue nach, bis der Strom irgendwann verebbte, die überlebenden Nager sich zurückzogen und die Soldaten nach ihrer Machtdemonstration im stinkenden, süßen Blut und mit den zerschlagenen Kadavern ihrer Artgenossen zurückließen, um sich in der nächsten Nacht, wenn die Männer die Leichen aus den Gräben geworfen hatten, an diesem Aas gütlich zu tun und sich für ihre nächste Invasion zu stärken. In einigen Abschnitten der Front schaffte man kleine, flinke, scharfe Terrier nach vorne, um dem Ansturm der Ratten zu begegnen. Die warfen sich selbst ohne Angst in das fiepende Getümmel oder wurden von den Männern hineingeworfen, packten dann Ratte um Ratte am Genick und schleuderten sie im Blutrausch kurz und heftig ein paarmal hin und her, bis der Hals der kleinen Nager brach, ließen sie achtlos aus ihren Fängen fallen und wandten sich direkt dem nächsten Opfer zu.

Aber ganz gleich, wie viele Hunde die Männer mitbrachten, auch sie schafften es nicht, der Masse Herr zu werden, und so stellte sich mit den Monaten und Jahren ein feindliches und unerträgliches Nebeneinander von Ratten und Menschen ein. So blieb August nun, trotz seines Ekels, seines Hasses auf die kleinen Tiere, der ihn mit all den anderen Soldaten einte, ruhig und ließ die Ratten gewähren, die als schwarze Schatten in der Dunkelheit die Flanken seines Trichters hinabstiegen, ihre kleinen feuchten, verschmutzten Nasen bebend umherreckten, mit zitternden Schnurrhaaren fiepsend nach ihren Kumpanen riefen und fast unhörbar hinab zu der Pfütze am Grund des Trichters tippelten, um hier mit ihren schmalen, fleischigen, rauen Zungen ihren Durst zu stillen, und zuvor ganz beiläufig über Augusts Beine kletterten, zwischen seinen Stiefeln hindurchglitten oder kurz auf seinem Knie Platz nahmen und sich sitzend mit beiden Vorderpfoten über den kleinen Kopf und die runden Ohren fuhren. August blieb während all dem regungslos, weil er wusste, dass sich die Tiere an einem zuckenden Bein oder einem ungezielten Tritt in der Dunkelheit ohnehin nicht stören würden; viel zu sehr waren sie an die Menschen als ständige Begleiter gewöhnt und scherten sich einen Dreck darum, was sie taten, solange sie ihnen nicht direkt nach dem Leben trachteten. Und nicht zuletzt, tief in seinem Inneren, war August die Gesellschaft der kleinen Tiere, der Besuch der warmen Körper, der schnüffelnden Nasen, der kleinen, pochenden Herzen, der flinken Beine, der aufrechten Ohren und des weichen Fells, gar nicht so unrecht.

20 *Hirn*

I'm lost, so lost,
I'm lost at sea, you'll see.
Alkaline Trio „Mercy Me"

Unsichtbar, als durchscheinender Geist stehe ich für Minuten inmitten des Kampfgetümmels, von niemandem wahrgenommen, den Spaten hoch erhoben über dem Kopf, bereit für den nächsten Schlag. Allein, ein Ziel fehlt mir. Nicht weit von mir entfernt ringt einer der Männer aus meinem Zug mit einem der Verteidiger, hinter mir, überall um mich herum höre ich Schreie, voller Schmerz, Verachtung, Angst, rufend, befehlend, fordernd, weinend; ich höre Schüsse, Explosionen, Einschläge, das Klingen von Eisen, das auf Eisen schlägt, von Eisen, das in Fleisch dringt, rieche Angst, Blut, Feuer und Wut.
Ein Nebel aus Pulverdampf umhüllt uns alle, verbietet den Blick weiter als wenige Meter, und während ich noch überlege, ob ich meinem Kameraden zu Hilfe eile und wie ich das tun soll, vernehme ich unter all dem Schlachtlärm – glasklar und nur für einen kurzen Moment – hinter mir, im tiefen, ausgetretenen Matsch des Grabens, Schritte, die sich rennend, hastig und zielstrebig auf mich zubewegen. Reflexartig drehe ich mich, schwinge den Spaten ins Blinde steil nach unten und ins Ungewisse. Ducke mich dabei und sehe, in dem Moment, in dem

Kopf und Augen die 180-Grad-Drehung schon vollzogen haben, den restlichen Körper noch nachziehend, einen Soldaten auf mich zustürmen, Gewehr und aufgepflanztes Sägebajonett vorschützend. Und noch bevor dessen Spitze mich erreicht und in mich dringt, schlägt die harte äußere Kante meines Spatens unerbittlich in das stürmende linke Knie. Durchtrennt Sehnen, Menisken, Muskeln, Bänder und drückt das Kniegelenk entgegen seiner Bestimmung nach innen, was unmittelbar dazu führt, dass der Anstürmende aus vollem Lauf zu Fall kommt, mit dem behelmten Kopf in die von ihm aus gesehen linke Grabenwand schlägt, wobei ihm das Gewehr aus der Hand und der Helm vom Kopf rutschen. Er überschlägt sich und kommt schließlich am Boden des Grabens zum Liegen. Ich lasse meinen Spaten fallen, renne instinktiv auf sein Gewehr zu, obwohl ich selbst eines über der Schulter trage, reiße es an mich, lege an und feuere dem unbewaffneten Mann am Boden aus kurzer Distanz direkt in den Hinterkopf. Schnell und bevor er sich umdreht, mich anblickt und ich seine Züge erkennen kann und realisiere, wie er aussieht, wie alt er vielleicht ist. Direkt nach dem Schuss, der ein qualmendes, klaffendes, rotes, nasses, knochensplitterbekröntes Loch im Hinterkopf des Soldaten hinterlässt, wende ich mich ab und übergebe mich bückend und in einem barmherzigen, warmen braunen Schwall plätschernd auf den Grund des Grabens. Meine Hände krallen sich in das Gewehr, die Säure aus meinem leeren Magen lässt Tränen in meine Augen schießen und der Rotz tropft ungehindert aus allen Öffnungen meines Gesichts. Ich würge noch zwei- oder dreimal ins Leere, lasse das Gewehr fallen und renne weg von meinem Opfer, den Graben entlang auf meine Kameraden zu.

Nach etwa zwanzig Metern springt der Graben in einem rechtwinkligen Knick scharf nach hinten, und als ich um die Ecke stolpere, sehe ich J., erkenne ihn an seinen hellbraunen, jetzt matschverschmierten Stiefeln, freue mich, ihn wiedergefunden zu haben. Er sitzt unbeweglich am Boden des Grabens, die Hände hat er vor seinem Bauch gefaltet, den Kopf hält er gesenkt, und als ich mich zu ihm beuge und meine Hand auf seine Schulter lege, kippt er leicht zur Seite, sein Kopf neigt sich, das Gesicht aufwärts gerichtet, seine Hände fallen links und rechts neben seine Oberschenkel, die offenen Innenflächen nach oben gewandt. Ich sehe das gestockte Blut in seinen Händen, das dunkel durchtränkte Hemd, das etwa untertellergroße Loch im Stoff, die zerfetzten Stoffränder und die Schleifen seines Darms, die sich dazwischen nach außen drücken, erkenne auf dem dunklen Boden des Grabens die riesige Lache und blicke ungläubig in sein Gesicht. Zur Grimasse verzerrt und eingefroren im Schmerz, die Augen ins Weiße nach oben verdreht, die Backe mit Lehm verschmiert blickt er durch mich hindurch, in seinen Augenwinkeln steht schmutziges Wasser, aus dem Mund rinnt ein feiner Faden sattschwarzen Blutes, in den Mundwinkeln trocknet Speichel. Ich falle auf die Knie und ziehe seinen schlaffen Oberkörper an mich, umschlinge ihn mit den Armen, und als ich meinen Kopf in seine kalte Schulter grabe, seinen Namen wieder und wieder flüstere, trifft mich ein glühender Stich am Rücken und ein blitzartiger, unfassbar heißer Schmerz schnellt durch meinen Körper.

Ich schreie, lasse J. aus meinen Armen sinken, sein Kopf klatscht auf den braunen Boden, ungebremst und endgültig, ich fahre herum und sehe einen der Verteidiger unmittelbar hinter mir stehen, seinen Karabiner mit der Mündung direkt auf mich gerichtet. Er schaut mich geradewegs an, verbissen und angstvoll, und merkt in diesem Moment, dass die Patronenkammer seines Gewehrs leer ist. Die Kugel, die er mir in die Hüfte geschossen hat und die – wie ich dem Schmerz nach vermute – auf meiner rechten Seite am Rücken eingedrungen ist, war seine letzte im Gewehr. Augenblicklich lässt er seinen Karabiner fallen, greift mit der Rechten an sein Koppel und zieht eine Pistole. Aber da und noch bevor er die Waffe auf mich gerichtet hat, bin ich bereits aufgesprungen, stoße ihn mit aller Wucht, die ich im Sprung sammeln kann, an den Schultern zurück. Er gerät ins Wanken, aus dem Gleichgewicht und in leichte Rücklage. Schon habe ich mich über den Rand des Grabens geworfen, schmerzhaft über meine brennende Hüfte gerollt und fliehe auf allen vieren stolpernd unserer Linie entgegen. Höre bald schon hinter mir die ersten Schüsse aus der Pistole, von denen mich glücklicherweise keiner zu treffen scheint, und krabbele, falle und robbe zurück, erreiche den eigenen Graben nach unendlichen Minuten, lasse mich über den Rand nach unten fallen. Dort bleibe ich auf dem Rücken liegen. Meine Uniform ist warm und von Blut durchtränkt, mein Brustkorb pumpt, meine Wunde schmerzt.

Als ich erwache, liege ich auf einer hölzernen Pritsche in einem Unterstand. Meine Feldbluse ist geöffnet und hochgeschoben, auf Höhe meiner Hüfte ist mein Körper mit schmutzig grauem Verbandszeug umwickelt, durch das auf der rechten Seite Blut an die Oberfläche gedrungen ist. Feinädrig und fast schwarz überzieht es das weite Gewebe des Verbandstoffes und spinnt ein zartes Netz aus getränkten Stofffäden. Ich lege den Zeigefinger meiner rechten Hand auf die Stelle und presse leicht.

Ein dumpfer, aber durchaus angenehmer Schmerz drückt auf die darunterliegende Wunde, und als ich den Finger wieder vom Stoff nehme und betrachte, kann ich keine Spuren von Blut erkennen. Es scheint gänzlich getrocknet zu sein, was mich glauben macht, dass ich schon geraume Zeit auf dieser Pritsche liegen muss.
Ich hebe den Kopf, stütze mich auf meine Unterarme und überschaue den Raum. Neben mir, um mich herum und auf dem Boden verteilt sitzen weitere Soldaten, alle mit Verbänden, die Gesichter in den Händen vergraben, schlafend, starrend, müde. Ich schätze ihre Zahl auf etwa dreißig bis vierzig, nehme mir vor, später genau durchzuzählen, wenn möglich. Die Luft ist erfüllt von leisem Wimmern, schwerem Atmen und unterdrücktem Stöhnen, die Explosionen des Schlachtfeldes dringen dumpf und leise in unsere Erdhöhle. Zwei Männer gehen zwischen den Verwundeten hindurch und verteilen mit einer Kelle Wasser aus einem Eimer. Halten den Männern die Schöpfkelle an die spröden Lippen und flößen ihnen das Wasser ein. Es ist warm, abgestanden und auf der Oberfläche im Eimer bildet sich ein Film aus dem Speichel der Männer, der beim Trinken zurück in die Kelle und in den Eimer geraten ist. Trotzdem trinke auch ich gierig. Dafür muss ich mich aufrichten, die Wunde an meiner Seite schmerzt nicht.
Ich frage den Soldaten, der meinen Durst stillt, nach J. Beschreibe ihn, hoffe, dass ich mich getäuscht habe, dass er nur bewusstlos war, dass sie ihn wieder mit zurückgebracht haben, dass er einen Bauchschuss hat, aber mit der guten Versorgung im Lazarett wieder genesen wird. Der Mann starrt mich mit nichtssagendem Blick an, zuckt nichtwissend mit den Schultern und schreitet zum nächsten, um ihm mit seiner

Kelle Wasser zu geben. Ich halte Ausschau nach einem Sanitäter und lasse den Blick durch das Halbdunkel des Raumes gleiten, wünsche mir, J. zu erblicken. Die Erde der Wände, das funzelige Licht der wenigen Laternen und das Feldgrau der Uniformen vermischt sich zu einem einheitlichen graubraunen Brei, die Konturen der Personen verschwimmen, je mehr ich meinen Blick anstrenge, meine Augen schmerzen. Ich kneife die Lider zusammen und fahre den Raum systematisch mit meinen Blicken ab, überspringe stehende, sitzende und laufende Männer, konzentriere mich auf die reglos Daliegenden, auf die Schreienden, auf die, die sich im Schmerz winden. Ich suche nach J.s Stiefeln, nach seinem Gesicht. Denke hier, ihn gefunden zu haben, werde enttäuscht, hoffe, dort unter dem Schlamm sein Antlitz zu sehen. Werde wieder enttäuscht.
Das aufrechte Sitzen, das Aufstützen strengt mich an, schmerzt in meinen Unterarmen, und ich lasse mich zurückgleiten, verschränke die Hände auf dem Bauch und weine. Spucke und Schleim laufen ungehindert aus Mund und Nase, mein Hals kratzt und meine Bauchdecke bewegt sich zuckend im Heulkrampf, jetzt schmerzt auch meine Wunde. Ich versuche, keinen Laut von mir zu geben, aber selbst wenn ich schreien würde, würde wohl niemand Notiz von mir nehmen. Ich heule, flenne und weine hemmungslos. Ich weiß, dass J. tot ist, glaube und will es aber nicht.
Keine lange Zeit, aber wir waren ununterbrochen zusammen. Wir haben uns Mut gemacht, während die Spinnen im Efeu der Kasernenmauer raschelten, einander durch die Ausbildung am Maschinengewehr getragen, waren eingespielt. Wir haben uns so gut verstanden. Wir waren Freunde in einem gewissen Maße. In erregter Erwartung unseres ersten Fronteinsatzes,

voller Abenteuerlust und Spannung, was wohl passieren würde. Voller Angst und Zweifel. Und fühlten uns doch unverwundbar und allmächtig. Wir dachten nicht daran, was uns passieren könnte. Jetzt hat uns bereits der erste Feuersturm, unsere erste Stunde im Feuer schon auseinandergerissen. Uns beide und jeden einzelnen von uns. Der Krieg hat uns seine unerbittliche, blinde Faust mit aller Wucht in unsere Dumme-Jungs-Visagen gehämmert. Hat J.s Bauchdecke aufbrechen lassen, damit er auf einem Stück Matsch fern von zu Hause verblutet. Hat sich gnädiger in mein Hüftfleisch gefressen. Für eine Sache, die wir nicht kannten, beide nie verstanden hatten. Und je länger ich meine Augen geschlossen lasse, je länger meine Gedanken um uns kreisen und je länger ich heule, umso mehr beweine ich zwei Männer. Den einen, der mit Bauchschuss nicht weit von hier verblutet ist, den anderen, der feige und in nackter Angst seinen Spaten in ein Gesicht und seine Kugel in einen Hinterkopf gejagt hat. Der diesen Graben vor wenigen Stunden verlassen hat, um dann zurückzukehren, und doch noch immer in jenem anderen Graben bis zum Hals im Dreck des Krieges steckt.

Tief im Selbstmitleid liege ich auf meiner Pritsche mit einem lächerlichen Loch im Hüftfleisch und beweine irgendwann nur noch mich selbst. Schäbig, feige und voller Inbrunst. Hinter meinen geschlossenen Lidern sehe ich immer wieder das Schaufelblatt des Spatens den Schädel teilen und dann das Profil meiner Stiefel. Wie die Sohlen das, was von dem gespaltenen Gesicht übrig ist, zerquetschen und wie Blut und Dreck an den Seiten der Sohle hervorquellen, je fester ich ihn in dieses Gesicht presse. Ich sehe in der Finsternis, wie das herausgezogene Schaufelblatt den Weg freigibt und aus dem

Hals des Mannes, dessen Gesicht ich niemals unversehrt sehen werde, ein letzter Atemzug entgleitet. Weiß und neblig, als trüge er das, was ich von diesem unbekannten Soldaten übrig lasse, durch die stillen Lande. Und dann sehe ich das blutströmende, klaffende Loch in der Schädeldecke des anderen Soldaten. Sehe es größer und größer werden, die gelblich weiße Masse des Hirns in diesem Schlund starrt mich als pupillenloses Auge unvermittelt an. Rundherum die entzündeten Lider des weißen Auges aus Knochensplittern, Hirnwasser, Blut, Haaren, Kopfhaut und Lehm. Immer schneller kommt das Auge näher, bis ich merke, dass ich falle. Falle und falle. Und dann öffnet sich mitten im Augenweiß eine schwarze, bodenlose Pupille. Ein schwarzer Schlund. Ich falle durch das knochenbekränzte Loch, tiefer und tiefer, bis alles um mich herum dunkel wird und ich schließlich aus meinem kräftezehrenden Heulkrampf in einen unruhigen Schlaf voller Träume aus Blut, Menschenfleisch, Metall und Lehm gleite.

Dann, ich weiß nicht wie lange später, erwache ich. Noch immer hier. Noch immer allein. In den folgenden Stunden passiert nicht viel mit uns. Einmal betritt unser Leutnant den Raum und vermeldet, dass die Verwundeten zunächst nicht zurück in die Etappe transportiert werden können, der Beschuss sei zu stark und das Risiko für alle zu groß. Wer sich imstande fühle, trotz seiner Verletzung weiter seinen Dienst zu tun, solle sich bei ihm melden, alle anderen sowie die Schwerverletzten würden bei nächster Möglichkeit hinter die Front und in die Lazarette transportiert. Ich winke dem Leutnant, der mich nicht direkt zu erkennen scheint, dann aber auf mein Lager zukommt. Ich frage ihn nach J., beschreibe ihn, und der Leutnant schüttelt stumm den Kopf. Ich danke ihm und er

erkundigt sich bei einem Sanitäter nach Art und Schwere meiner Verletzung. Der runzelt die Stirn und betrachtet meine Wunde. Ein glatter Durchschuss durch das Fleisch über meinem Hüftknochen, der bereits an beiden Seiten vernäht wurde und nicht mehr blutet. Außer Schmerzen habe ich vorerst keine weiteren Probleme zu erwarten, wenn ich auf die Wunde achte und verhindere, dass sie sich entzündet.
Ich entscheide mich zu bleiben und melde dem Leutnant, den ich erneut heranrufe, dass ich nicht in die Etappe möchte, sondern meinen Dienst im Graben fortsetzen werde. Er lächelt still und nickt mir zu, bevor er sich wegdreht und den Unterstand verlässt. Die Hände auf dem Rücken verschränkt, den Kopf gesenkt.
Meine Wunde schmerzt. Ich lege mich schlafen.

21 Wasser

Hose runter, Freibad.
Love A „Freibad"

Es ist nichts mehr übrig. Das freundliche Miteinander mit den anderen und die Kameradschaft verlieren als reiner Effekt der Unerträglichkeit des allgegenwärtigen Todes ihren Glanz und ihr romantisches Antlitz, die uns zu Hause noch direkt ins Herz trafen. Uns ist, als seien wir in einer anderen Welt, in einer anderen Galaxie angelangt, die ein erbarmungsloser, brutaler Gott aus Matsch, Eisen, Feuer und Menschenfleisch geformt hat, und als seien wir für keinen anderen Zweck geboren als den, unseren Körper früher oder später von einem glühenden Stück Metall zerfetzen zu lassen. Ohne Kompass, Ruder und Anker treiben wir auf den Wellen von Angriff und Gegenangriff durch das Meer der Schlacht, bis wir in der Brandung an einem feindlichen Graben zerschellen. Unser Wetter ist die Stärke des Beschusses zu diesem oder zu jenem Zeitpunkt, unsere Flaute ein Tag in der Etappe und unser einziger Lebenszweck die nächste warme Mahlzeit. Das, was einmal unser Zuhause war, haben wir hinter uns gelassen, aus unseren Gedanken gelöscht und scheint uns nur noch als empfindlicher Traum von einer fernen Welt, die unerreichbar geworden ist.

Wie sehr wünsche ich mich doch zurück nach Hause, auch wenn ich nicht weiß, was dort mit mir anzufangen sein wird – nach all dem, was ich hier gesehen, gesagt, gefühlt, getan und gedacht habe. Und doch sehne ich mich. Sehne mich zurück unter das grüne Blätterdach der Kastanien und Erlen im Garten hinter dem Haus meiner Eltern. In den Wipfeln rauscht ein kühlender Wind, und am Morgen bin ich mit der Sonne im Gesicht vom Klappern der Holzschuhe meiner Mutter auf den Dielen aus ruhigen Träumen erwacht, in die ich in der Sekunde gefallen bin, in der ich am Abend zuvor meinen Kopf auf das schneeweiße, gestärkte, duftende Daunenkissen gelegt habe.
Nach dem Aufwachen führt mein erster Weg zur Wiese hinter dem Sägewerk und an den kleinen Tümpel, den wir Loch Ness nennen, über den mein Vater eine geflochtene Hängematte gespannt hat und in den ein kurzer, wackelnder, hölzerner Steg ragt. Zusammen mit dem Hund nehme ich schon auf der Wiese Anlauf, renne über den Steg, springe vom letzten Brett, das unter meinen Schritten wackelt, weil die Nägel auf der rechten Seite locker sind, seit ich denken kann, umfasse dann in der Luft meine Knie mit beiden Armen und lasse mich

rückwärts fallen. Einen Wimpernschlag nachdem ich mit rundem Rücken auf die Wasseroberfläche treffe und im kühlen, weichen Wasser versinke, sehe ich für den einen kurzen Augenblick, in dem sich mein Kopf schon unterhalb der Wasseroberfläche befindet, die Wellen aber noch nicht über meinem Gesicht zusammengeschlagen sind, die Bäume und Sträucher um den Tümpel, den blauen Himmel und einen kreisenden Mäusebussard am Himmel. Sehe wie durch ein Fischauge oder eine Lochblende, gerahmt von den glasklaren Wellen des Wassers, in denen sich das Sonnenlicht bricht, bevor der unüberwindbare Reflex meine Lider über den Augen schließt und das Wasser mein Gesicht vollständig bedeckt. Unter Wasser drehe ich mich, mit den Armen seitlich rudernd, in drei, vier Rollen, und die Orientierungslosigkeit meines Gleichgewichtssinnes verursacht ein freundliches, warmes Kribbeln im Bauch und ein angenehmes Schwindeln der Schwerelosigkeit in meinem Kopf, das man immer nur dieses eine Mal spüren kann, wenn man nach längerer Zeit ins Wasser springt. Kurz über dem schlammigen Grund angekommen, ziehe ich meine Beine an, setze meine Füße in den weichen Boden, spüre einen Ast zwischen meinen Zehen und wie die Sedimente hochwirbeln, stoße mich dann, so fest ich nur kann, nach oben ab. Ich durchbreche die Wasseroberfläche und schleudere meinen Kopf hin und her, um das Wasser aus den Haaren zu werfen; stecke mir einen Finger in jedes Ohr, um wieder klar zu hören. Drei Schwimmzüge zum Rand und ich stütze meine Hände in das weiche Moos des Ufers, drücke mich hoch, setze die Knie auf den Rand, strecke mich und trockne mir den Oberkörper mit meinem Hemd ab, das ich danach einfach anziehe. Der Mäusebussard am Himmel schreit seinen unverwechselbaren, durchdringenden Ruf.

In der Küche wartet meine Mutter, mein Vater ist für eine Tasse Kaffee nach oben gekommen, und beide wiegen, mit einem Blick auf die tickende Uhr über der Küchentür, ihren Kopf leicht hin und her. Mein Vater versetzt dem Stuhl gegenüber von ihm unter dem Tisch einen sanften Stoß, sodass er herausrückt, und bedeutet mir mit einem Brummen und einem Kopfnicken, mich zu setzen. Ich folge, bestreiche eine Scheibe Brot mit Rhabarbermarmelade, nehme einen tiefen Schluck eiskalte Milch, die ich mir aus der Kanne auf dem Tisch in ein Glas gieße. Wenn ich von meinem Platz aus über den Rand des Glases durch das linke Küchenfenster schaue, sehe ich den Dachüberstand unseres Hauses und die schwirrenden Waldbienen des Bienenvolks, das schon immer die hintere Ecke des Hauses zwischen Kniestock und Dachkante bewohnt. Sie stören uns mit ihrer Anwesenheit nicht und wir lassen sie gewähren; selten, dass sich eine von ihnen überhaupt in unsere Räume verirrt. Nach meiner Milch und einer weiteren Scheibe Brot, die ich trocken in mich hineinschlinge, verlasse ich Tisch und Raum.

Durch die Tür hinaus, die im Sommer meist den ganzen Tag offen steht und durch deren kleines, verriegeltes Fenster die Sonne Strahlen an die Wand des Flurs wirft, trete ich in einen weiteren Ferientag, der am späten Abend mit so unweigerlicher Gewissheit in den weißen Kissen meines Bettes enden wird, dass ich mir zu diesem Zeitpunkt nicht vorstellen will, nicht vorstellen kann, einfach nicht den geringsten Gedanken daran verschwende, dass es einmal anders sein könnte.

22 Luft

Und du hoffst und du hoffst und du hoffst,
dass sich alles zum Guten wendet.
Love A „Der tausendste Affe"

Als August erwachte, hatte sich der Raum merklich geleert und mit ihm befand sich nur noch etwa eine Handvoll Soldaten in dem erdigen Unterschlupf. Alle ähnlich wie August leicht verletzt. Alle übrigen, schwerer Verletzten, hatte man in den letzten Stunden, in denen sich August mit schweißnasser, zerfurchter Stirn auf seinem Lager unruhig, aber im Tiefschlaf hin- und hergewälzt hatte, hinter die Frontlinien gebracht. Auf Tragen, unter den Achseln gestützt oder an der Hand geführt, hatten Sanitätssoldaten Mann für Mann in Sicherheit, in die Etappe und auf den Weg in die Feldlazarette hinter der Frontlinie geleitet. Gleichzeitig hatte man sich um personellen Nachschub gekümmert, die Ausfälle zu kompensieren, und Verpflegung in die Frontgräben geschafft, um die Verbliebenen zu stärken, zu sättigen und zu besänftigen. Und so fand sich auch August, als er sich nach seinem Erwachen mühsam und unter Schmerzen in seiner durchschossenen Hüfte von seiner Lagerstatt erhoben hatte, mit seinem leichten, metallenen Geschirr in der schmutzigen, unmerklich zitternden Hand in der kurzen Schlange vor einem dampfenden Kessel.

Dahinter stand ein dünner Unteroffizier und verteilte mit einem aufmunternden Lächeln aus einer Suppenkelle großzügige Schläge in die Näpfe der Soldaten, pries seine Suppe als stärkend an und gab dem ein oder anderen der Anstehenden neben dem Schöpflöffel ins Geschirr zusätzlich einen leichten Klaps auf die Schulter – den die Geschlagenen meist nur mit einem müden Lächeln im Weitergehen zu quittieren wussten.
Der dampfende Trog war direkt neben dem Zugang des Raumes aufgestellt und nachdem die Männer sich ihre Ration abgeholt hatten, verteilten sie sich in eine der vielen Ecken und löffelten hastig, gierig und schmatzend den Eintopf zwischen ihre eingefallenen Wangen und ihre schmutzigen, verfaulten Zähne. August war erstaunt, als die Suppe dickflüssig und dampfend aus dem verbeulten Schöpflöffel in seinen Napf klatschte, fand sich in der ungewohnt dicken, farbigen Brühe im Gegensatz zu sonst doch erkennbar Einlage, namentlich Gemüse, Fett, Fleisch. Es schien, als versuche man die Männer bei Laune zu halten und den zurückgebliebenen Verletzten – wie August – eine besänftigende Stärkung zukommen zu lassen.

Aus welchen Tiefen der immer leeren Proviantmeistereien man diese Suppe allerdings zusammengewürfelt hatte, blieb für alle ein Rätsel. Die Suppe roch aromatisch und der würzige Duft der Bohnen, des Selleries, des durchgarten Fleisches, der Petersilie, der Mohrrüben, Zwiebeln, Kartoffeln und der Fettaugen auf der Oberfläche, der eingekochten Würze an den Rändern des Topfes stieg August eindringlich in die schlammverdreckten, aufgerissenen Nasenlöcher. Stärkte ihn, ließ ihn für einige Momente gar zuversichtlicher werden und gab ihm warm und barmherzig das trügerische Gefühl von Geborgenheit und Normalität.
Als August an der Reihe war, lächelte ihn der Unteroffizier an und versprach ihm eine weitere Portion, falls ihm diese erste nicht reiche. August nickte dankend – ja etwas linkisch –, verzog sich dann in die hinteren, dunklen Gefilde des Raumes, setzte sich auf den festgetretenen, erdigen Boden und fuhrwerkte – ähnlich einem Greifvogel über seiner geschlagenen Beute – im Schneidersitz über seinen Teller gebeugt die Suppe ohne Umschweife zügig und bestimmt in sich hinein. Der wohltemperierte Eintopf füllte seinen trockenen Mund und es dauerte einen Moment, bis seine Geschmacksnerven bereit waren, sich dem ungewohnten Labsal zu stellen. Die Speise glitt angenehm warm, langsam und sanft seine Speiseröhre hinab, wärmte seinen Magen mächtig und eindrucksvoll, sodass sich die Wärme von hier aus gleichmäßig und wohlig mit einem zufriedenen Kribbeln in seinem ganzen Körper ausbreitete.
Regte außerdem seine Verdauung an und ließ ihm den Schweiß auf die Stirn treten. Die großzügige Einlage in der Suppe kaute August genussvoll – ignorierte dabei den Schmerz in seinem

Backenzahn, der ihn seit einigen Tagen quälte –, mahlte die feine Süße aus den groben Mohrrübenschnitzeln und den dicken weißen Bohnen, genoss das würzige Aroma des Selleries und die mehlige Milde der durchgekochten Kartoffeln, schmeckte das Fett, das Fleisch und die herbe Bitternis der Petersilie. Auch seine zweite Portion führte er sich äußerlich leidenschaftslos und in einem Rutsch zu und bald nachdem er seinen Napf ausgeleckt und verstaut hatte, reihte er sich in das Gefurze ein. Die Magen-Darm-Systeme der Gesättigten waren mit der üppigen Speise nach den Tagen und Wochen des Darbens schlicht überfordert und in der Folge suchten sich schon bald unangenehme Blähungen nach der gleichwohl willkommenen Herausforderung den Weg ins Freie. Obendrein kehrte – nachdem er seinen Kessel geleert, zusammengepackt und entfernt hatte – der dürre Unteroffizier sodann mit zwei großen Säcken zurück, positionierte sich erneut in der Nähe der Tür und begann, Zigaretten, Kautabak, Zigarren sowie Schokolade an die Männer zu verteilen.

August wusste im ersten Moment nicht, was er zuerst in seinen Mund stecken sollte – ein Stück der tiefbraunen, harten, duftenden Schokolade, eine Zigarette oder einen saftigen schwarzen Priem –, und entschied sich schließlich für eine Zigarette und ein Stück Schokolade, das er in seiner Backe schmelzen ließ und über dessen brauner Lasur auf seiner Zunge er genussvoll gierige Züge der filterlosen Zigarette wirbeln ließ, bevor er den beißenden Qualm schmerzhaft und so tief wie möglich inhalierte.

Die billigen Zigarren, deren schwarze Deckblätter sich bereits lösten und in Placken abblätterten, interessierten ihn wenig und es gelang ihm, im Laufe des Tages seine Ration gegen

Zigaretten oder den ein oder anderen Priem zu tauschen. Das Gedampfe, Gepaffe, Gequalme und Geschmatze des Tabaks in allen Darreichungsformen förderte im Übrigen die Verdauung der Männer zusätzlich über die Maßen. Und so sah man sie bald mal mehr, mal weniger schnell und zielstrebig aus dem Raum gehen, um sich im verzweigten Grabensystem einen ruhigen Ort, eine abgelegene Ecke zu suchen, um sich zu erleichtern.
Und dann geschah es, dass exakt im Moment tiefster Zufriedenheit und Entspannung, da der stämmige Jäger V. aus B., nach einem ausladenden Suppenmahl – getrieben von Eintopf, Priem und Zigarette – seine Hosen in einer verborgenen Ecke des Grabens geöffnet, den Hosenbund in die Kniekehlen gezogen und sich hingehockt hatte, dass sich in den Gräben auf der hiesigen Seite der Front ein zunehmend lauter, ernster und panischer werdender Ruf von Mund zu Mund fortpflanzte. Der Ruf, der ihnen allen brennende Schauer der Angst über den Körper jagte, ihre Finger in nackter Panik zu Eis werden ließ und der den Jäger V. in seiner Ecke so erschreckte, dass er aus dem Gleichgewicht kam, nach hinten kippte und sich auf sein entblößtes Hinterteil setzte, um dann in derselben Sekunde, wie von der Tarantel gestochen und ungeachtet aller Umstände, aufzuspringen, in Richtung des Unterstandes zu rennen, dabei seine Hose notdürftig auf Hüfthöhe zu ziehen und schließlich durch den Eingang des Schutzraumes hin zu seiner Ausrüstung zu rennen, während er krächzend und wie von Sinnen rief, was alle im Raum bereits gehört hatten. Gas.
Kampfgas war nackter, blinder Hass. Menschenverachtend und gnadenlos. Ersonnen im ewigen Wettrüsten und getrieben von der Wissenschaft des effektivsten Mordens. Seit

Kriegsbeginn begaben sich Militär, Wissenschaft und Privatleute auf allen Seiten im Namen des Krieges, dem – so pflegte man zu sagen – Vater aller Dinge, in ihre Denkfabriken und konstruierten, planten und erschufen Maschinen, Skizzen, Modelle, Taktiken und Waffen, von denen sie sich einen, ja den entscheidenden Vorteil für ihre Nation erhofften. Es entstanden gepanzerte Fahrzeuge und Tanks, ständig neue, verbesserte, tödlichere und zuverlässigere Handfeuerwaffen und Gewehre, Flammenwerfer, sinnige Optimierungen der Artilleriewaffen, riesige Kanonen, neue Munition und Nahkampftechniken, Strategien und Tricks für den Grabenkampf, bessere Stahlhelme, kampffähigere U-Boote, schärferer und gemeinerer Stacheldraht, eine unglaublich schnell voranschreitende Fliegerei, die bis zum Krieg Jahrzehnte in den Kinderschuhen gesteckt hatte; es entstanden Ideen und Vorschläge zu Abertausenden. Millionen Seiten Papier wurden mit Bleistift, Tusche und Tinte gefüllt. Es wurde gerechnet, getestet, besprochen, ersonnen, verworfen, verbessert, erfunden.

Aber nichts von alledem, keine Idee, keine Waffe war so perfide, widerwärtig, grausam und effektiv zugleich wie die Entscheidung der deutschen Seite, Gas als Waffe gegen den Gegner einzusetzen. Zwar hatten die Opponenten alle schon zuvor mit Stinkbomben und Tränengas experimentiert, um die gegnerischen Soldaten vor einem Angriff in ihren Gräben zu schwächen oder aus ihren zu vertreiben, das aber wegen fehlenden Erfolgs meist bald wieder verworfen. Mit dem Beginn des Gaskrieges aber veränderte sich alles. Alles. Die Maßlosigkeit des Tötens, Sterbens, der Wille zur rücksichtslosen Vernichtung alles anderen.

Dieses Gift verstieß nicht nur gegen den zarten Versuch einer gemeingültigen Konvention für diesen Krieg, sondern katapultierte ihn mit jedem Gramm freigelassenem Phosgen, Chlor, Grünkreuz oder Senfgas in eine neue, unmenschlichere Dimension. Denn nicht nur der Grabenkampf, nicht nur die Unersättlichkeit im Einsatz von Mensch und Material, nicht nur die absurde Stahlwerdung und Industrialisierung des Krieges, die alles und jeden, der in die Schlacht zog, verschlang, nicht nur die kompromisslose Brutalität, ungeheure Wucht und schmerzhafte Unmittelbarkeit des Kampfes, der alle körperlich und seelisch auseinanderbrach, nicht nur das Vermögen, den Körper des Feindes mit eiserner Technik, präziser Mechanik und durchdachter Physik in jegliche Form zu zerteilen, in jeden Aggregatzustand zu versetzen, gar vollends aufzulösen, spurlos verschwinden zu lassen und auf dem Schlachtfeld restlos auszulöschen, nicht nur seine allumfassende, weltumspannende Konsequenz machten diesen Krieg so neu, anders, unvorstellbar und unbegreiflich.
Herrscher auf dem Thron der Unbarmherzigkeit waren die Giftgase. So tödlich, schmerzhaft und grausam Splitter, Stacheldraht, scharfgeschliffenes, glühendes und geschleudertes Eisen, Sprengfallen, Schwarzpulver, jedes Geschoss, die Flammen der Flammenwerfer, die Hand-, Spreng-, Splitter- und Artilleriegranaten, tausend scharfe Spatenkanten, alle gesägten Bajonette, geschwungene Totschläger, Knüppel, Morgensterne, emsige Scharfschützen, spuckende Maschinengewehre, unerbittliche Stilette, selbstladende Pistolen und schartige Säbel auch sein mochten – Olymp und Hades des Hasses bevölkerten die Giftgase. Geschaffen aus keinem anderen Grund als der maximal wirksamen Auslöschung von Leben.

Einmal begonnen, waren die Kontrahenten von Gasangriff zu Gasangriff getrieben, sich in der Effektivität ihrer flüchtigen Todesengel gegenseitig zu übertreffen, nachzuahmen und auszustechen. Die neu ersonnenen Gegenmaßnahmen der Gegner zu unterwandern und ihre eigenen Gase immer giftiger und tödlicher zu machen. Primus inter pares des Todes war das Senfgas, seine Herrschaft gnadenlos. War es bei allen anderen Gasen noch möglich, sich mittels einer Gasmaske zumindest im Ansatz zu schützen, indem man versuchte, es nicht einzuatmen, änderte sich das mit dem hautwirksamen Bis(2-chlorethyl)sulfid. Fühlten sich die Beschossenen vor allem bei den ersten Einsätzen des Senfgases inmitten der gelben Wolken hinter ihren Masken noch geschützt, setzte die Wirkung etwas zeitverzögert umso schlimmer ein. Der tödliche Brodem durchdrang die Kleidung, legte sich auf die Haut und entfaltete hier seine verheerende Wirkung. Auf den Armen, Beinen, auf den Torsi der Männer. Einfach überall, wo das stinkende, weil meist unreine Gas auf Haut traf, schlug Letztere großflächig schmerzhafte Blasen und wölbte sich zu nässenden Hügeln. Das Senfgas zerfraß das Gewebe, hemmte die Zellteilung und zerstörte die Haut so nachhaltig und wirksam, dass den Soldaten nicht selten die am schlimmsten betroffenen Körperteile entfernt werden mussten und sich die Knochensägen der Feldlazarette fortan durch zahlreiche Knochen zersetzter, seiernder Extremitäten sangen.
Am schlimmsten war die Wirkung des Gases, wenn es den Soldaten nicht mehr gelang, ihre Gasmasken rechtzeitig über den Kopf zu stülpen, und die Chemikalie in die Atemwege, zu den Schleimhäuten, an die Augen vordrang. Hier schlug es mit aller Macht seiner Toxizität zu: zersetzte mit grober

Wirksamkeit die Augen, ätzte sich durch Retina, Hornhaut, Pupille und Augapfel, nistete sich auch in die Alveolen der Bronchien ein, ließ sie kollabieren, löste sie auf. So verendeten die Begasten qualvoll, blind und schreiend an Ort und Stelle, während über ihre schmalen, verdreckten, bleichen Lippen schwarzes, zähes Blut spritzte, vermischt mit Geweberesten der zerfressenen Bronchien und ihrer verätzten Lungen. Konnten dabei nicht sehen, wie erbärmlich und erschreckend ihr restlicher Körper vom Gas entstellt war, spürten den brennenden, ätzenden Schmerz dafür umso stärker, den man hin und wieder und kaum wirksam mit starker Seifenlauge von der Haut zu waschen versuchte. Und so wurden die langen Reihen abgemagerter Männer, samt und sonders mit schmutzigen Lappen über den Augen und um den Kopf, beide Hände zitternd und ängstlich an den Schultern des Vordermannes festgekrallt, zum alltäglichen Bild in den Etappen, Lazaretten, den Gefangenenlagern und auf den Straßen zur und weg von der Front. Alle auf dem Weg in ein gasblindes Leben, das sie – im besten Falle nur ihres Augenlichtes beraubt – als Aussätzige und Krüppel verbrachten, wenn ihnen der Krebs nicht die Gnade eines zeitigen, aber qualvollen Todes zuteilwerden ließ. Mit den anderen Versehrten bevölkerten diese Elenden nach dem Kriege bettelnd, zerzaust, verlaust und würdelos die Straßenecken, Hospitale, Kircheneingänge und Armenspeisungen. Weil ihnen das Gas Arme, Beine, Hände, Füße, Unterschenkel, Augenlicht, Teile der Lungen und Bronchien, den Verstand, die Hoffnung und die Zukunft zerfressen hatte.

Als August also den stämmigen Jäger V. aus B. dergestalt durch den Eingang des Unterstands stolpern sah, das Gesicht vor Angst verzerrt, strauchelnd ob der heruntergelassenen Hosen zwischen seinen Knien, keuchend, krächzend die schreckliche Warnung japsend, da ließ er sich unverwandt seitlich rollend von der irdenen Pritsche fallen, auf die er sich nach dem Suppenmahl gelegt hatte. Schlug ungeachtet seiner Hüftverletzung auf den Boden davor, riss mit der rechten Hand seinen Tornister samt der daran befestigten Ausrüstung unter der Lagerstatt hervor, wand und zwängte sich unter beißendem, pochendem Schmerz seiner Schusswunde in die enge Gasmaske und verharrte in der Folge flach, den Kopf dem Raum und der Tür zugewandt genau dort.

Grundsätzlich war das Abwarten eines Gasangriffes wegen der schnelleren Verwehung des Gases im Freien günstiger, aber genauso oft, wie sie zur Todesfalle wurden, kam es vor, dass ganze Unterstände vom Gas verschont blieben, wenn es von gnädigen Winden über sie hinweggetrieben wurde und darum nicht durch die Eingänge in die Höhlen stob, um dort die knappe und ohnehin schon schlechte Luft zu verpesten. Angesichts seiner Verletzung und da auch niemand der Übrigen Anstalten machte, den Raum zu verlassen, entschied sich August, bis auf Weiteres hier abzuwarten.

In seiner Maske stiegen Temperatur und Feuchtigkeit seit dem Zeitpunkt, da er sie aufgesetzt hatte, sekündlich an. Sein warmer, anfangs noch schneller und stoßweiser Atem ließ die Augengläser der Maske schnell beschlagen, bis Tropfen an ihrer Innenseite hinabliefen, sich in den Rändern der Fassungen bauchig und dick ausformten und, wenn die Oberflächenspannung des Wassers riss, von hier in die Maske tropften. Die Kartusche am Rüssel vor seinem Mund rasselte und schepperte mit jedem Atemzug, den August tat, und überdies hatte er zunehmend das Gefühl zu ersticken. Er schloss die

Augen und versuchte, seinen Atem zu verlangsamen und einen gleichmäßigen, langsamen und kontrollierten Rhythmus für seine Atemzüge zu finden.
Während sich die Feuchtigkeit der Atemluft als Film auch auf seinem Gesicht sammelte, seine Wimpern verklebte, seine Nase laufen ließ und seinen Hals hinabrann, blickte er durch die beschlagenen und nassen Gläser. Der leichte Sauerstoffmangel ließ ihn schwindeln und benebelte sein Hirn ebenso, wie die Feuchtigkeit auf den Gläsern seine Sicht beeinträchtigte. Die feuchte Hitze in der Maske, die fiebrige Desorientierung, verstärkt durch seine geschlossenen Augen und die rauschende Stille, das stille Rauschen in seinem Kopf, fühlten sich an wie eine der heißen Sommernächte, die er gemeinsam mit Lotte in seiner Dachkammer im Schneidersitz auf seinem Bett verbracht hatte, der Hund hechelnd zwischen ihnen, alle eingehüllt in die schwere Feuchtigkeit des Tals, während ihnen beiden, getrieben vom drückenden Klima der engen Dachkammer, der Alkohol des Tannenlikörs aus der Vorratskammer seiner Mutter zunehmend in den Kopf stieg.
August erinnerte das warme, mächtige Gefühl der Wärme und unendlichen Zuneigung zu Lotte, das sich dann stets in seiner Magengrube ausbreitete, an die wortlose Stille der Vertrautheit, an die kurzen, offenen Blicke absoluter Offenbarung und an die elektrisierenden Schauer, die ihn durchströmten, wenn sich ihre nackten Knie, ihre Ellbogen, ihre Hände, während sie beide durch des Hundes dichtes Fell fuhren, oder ihre Füße, schmutzig vom Staub der sommerlichen Wege, halb durch Zufall, halb mit Absicht für eine kurze Sekunde berührten, um danach wieder auseinanderzugehen, oder für eine schöne, warme Weile aneinander verharrten.

Dergestalt losgelöst von Zeit und Raum, abgeschnitten von dem, was um ihn herum geschah, gleichsam als durchschritte er die surreale Welt eines heißen, fiebrigen Traums, vergingen die Minuten, die er auf dem kühlen Boden des Unterstandes lag und auf ein Zeichen harrte, das ihm das Ende des Gasangriffs signalisierte.
Als er dann schließlich mehr ahnte als hörte oder sah, dass erneut Bewegung in den Raum kam, die Augen öffnete und die anderen Soldaten erblickte – vor allem jene, die näher an der Tür positioniert waren und offenbar ein Signal von außen bekommen hatten, dass ihnen das Ende der Bedrohung anzeigte –, wie sie sich die Masken vom Kopf zogen, erst zaghaft und prüfend, dann zuversichtlich und komplett, da griff er selbst an seine Gasmaske Modell 30 und nahm sie ab, wobei der feuchte, gummierte Stoff ziepend und kalt über seine Haut und seine Haare glitt.
Und als er die Maske vollends gelöst hatte, da traf die erdige, faule und tote Luft des Unterstandes wie ein Faustschlag sein erhitztes Gesicht, seine roten Wangen und seine heiße Stirn, schlug ihm den zarten, freundlichen Fiebertraum, die süßliche, schwere Erinnerung brutal und erbarmungslos aus dem Schädel und warf ihn zitternd, frierend und nach Atem ringend zurück in die grausame Realität des Krieges.

23 *Wind*

Last night I had a dream, that I was in the graveyard.
Looking at my father, buried in the ground.
William Fitzsimmons „Everything has changed“

Tief in seinem Krater, fernab der Welt und der Menschen, lag August umschlossen von der Dunkelheit, als am Horizont die Morgendämmerung einen neuen Tag begann, um das Schlachtfeld wieder in Licht und Wärme zu tauchen, die Kälte, die Gespenster, den Schatten und die Ängste der Nacht zu verscheuchen.

Der lange und harte Artilleriebeschuss, die englische Offensive und deren Abwehr, die er teilnahmslos in seinem Versteck erlebt hatte, waren August Zeichen genug, seine Lage so bald wie möglich entscheidend ändern zu wollen und ungeachtet der möglichen Folgen eine Rückkehr in die eigenen Gräben zu versuchen. Bereits der nächste – vielleicht erfolgreiche – Angriff des Feindes könnte seine Situation weitaus misslicher werden lassen, als sie jetzt schon war. Denn mit der feindlichen Übernahme der deutschen Stellungen befände sich seine Position mit einem Mal tief im Feindesland, Zuflucht und Rückkehr unerreichbar weit entfernt, Tod oder Gefangenschaft gewiss.

Seit dem misslungenen Angriff des Gegners und der Begegnung mit dem jungen englischen Infanteristen hatte sich das

Granatfeuer auf einem mittelschweren Niveau und – wie August schätzte – auf die Gräben der Seinen eingependelt; mit dem Ziel – da war er sicher –, einen neuerlichen Angriff vorzubereiten, die Offensive fortzusetzen und erneut eine Eroberung der deutschen Gräben zu versuchen.

Mit dem heller werdenden Licht, dem grauenden Morgen und dem neuen Tag entschied er, in jenem Moment einen Fluchtversuch aus seinem schlammigen Gefängnis zu wagen, in dem sich Nacht und Tag, noch in wabernder, inniger Umarmung, noch nicht entschieden hatten, wer nun Wetter und Sicht fortan zu bestimmen habe. Jenen Moment diffusen Lichtes der Morgendämmerung, der dem menschlichen Auge den ein oder anderen Streich zu spielen vermochte, die klare Unterscheidung von Wahrheit und Täuschung verschwimmen ließ und zugleich – das hatten sie in den Wochen und Monaten in den Gräben gelernt – der Zeitpunkt des Wachwechsels auf der gegnerischen Seite war. Zwar würde das Zwielicht auch seine eigene Sicht beeinträchtigen und seine Flucht im Vergleich zum helllichten Tag deutlich erschweren. Ebenso fiele es den

gegnerischen Schützen, Wachen und Posten aber auch schwerer, ihn zu erspähen und – falls es ihnen doch gelänge – genau auf ihn anzulegen und zu zielen.
So begann August also, seine Siebensachen zusammenzutragen und seinen in den letzten langen Stunden provisorisch eingerichteten Posten zu räumen. Was um ihn herum lag, packte er zusammen und verstaute es in seinen Taschen, die er sorgfältig verschloss. Er versicherte sich, dass Lottes Brief gut verborgen an seinem vorgesehenen Platz war, und ging wieder und wieder seine Taschen durch, um sicherzustellen, dass sich in keiner von ihnen etwas befände, dass ihn bei seinem Lauf den eigenen Linien entgegen durch allzu lautes Scheppern oder Klappern verraten könnte. Dann, wie in ein ungeheures Ungeziefer verwandelt, strampelte er sich, flach an die Flanke seiner Grube gepresst, aus seinen Stiefeln, richtete seine Socken, schlüpfte erneut äußerst umständlich, um nicht durch hastige Bewegungen oberhalb des Kraterrandes auf sich aufmerksam zu machen, in das schwere Schuhwerk und zog es fest an den besten Ort, damit es ihn beim Rennen nicht behindere. Sodann fischte er mit der Hand nach seinem Stahlhelm, den er sich auf den Kopf und das fettige, schlammige Haar setzte und dessen Riemen er so stramm wie nie zuvor unter seinem Kinn festzog. Seinen Karabiner fand er indes nicht und wunderte sich für einen kurzen Moment, dass er ihn bis zu diesem Moment nicht eine Sekunde vermisst hatte. Er sagte sich, dass er ihn wohl verloren haben müsse, bevor er – wie auch immer – in diesen Krater gelangt war, und war letzthin erleichtert, da ihn das schwere Gewehr bei seiner Flucht nur behindern und überdies herzlich wenig nützen würde.

Dann entledigte er sich zweier Stab-Handgranaten, die noch an seinem schweinsledernen Koppel baumelten, und überlegte, ob er sie vielleicht in der Sekunde, in der er losrennen würde, kurz gezündet hinter sich in Richtung der feindlichen Linien werfen oder einfach entsichert in der Grube zurücklassen sollte, um durch Rauch und den aufgeschleuderten Dreck der Explosion Ablenkung, Verwirrung und zusätzliche Deckung zu schaffen, verwarf den Gedanken aber recht bald wieder, um nicht unnötig auf seine Position im Allgemeinen und seine Existenz im Speziellen aufmerksam zu machen. So löste er also die beiden Handgranaten aus den Haken am Koppel und ließ sie, ohne den Sicherungsring aus dem Zünder zu ziehen, vorsichtig aus seiner Hand und die Flanke der Grube hinab in das Wasser an deren Grund rollen.
Dann streckte er sich in voller Länge aus, blickte an sich herab und spannte alle seine Muskeln nacheinander an, um sie aus der Bewegungslosigkeit der letzten Stunden zu befreien und für den bevorstehenden Lauf zu durchbluten. Er wackelte knackend mit den Zehen, drehte seine Füße in den Fußgelenken, soweit es ihm die Stiefel erlaubten, winkelte die Knie an, beugte und streckte sie, wackelte mit seinen Beinen hin und her, sodass sich die Kugelgelenke in den Pfannen des Hüftknochens knirschend aus ihrer Starre lösten. Bewegte seine Hüfte, blähte seinen Bauch und spannte sich an und atmete dabei tief und konzentriert ein und langsam und bedacht wieder aus. Er streckte seine Arme bis in die Fingerspitzen seitlich vom Körper auf der lehmigen Flanke des Grabens, ballte eine Faust und öffnete sie wieder, schwang sodann seine Arme quer über den Brustkorb auf die andere Seite, drehte seinen Kopf und knackte beißend

mit seinem Kiefer, bis er das Gefühl bekam, all seine Muskeln ausreichend gelöst zu haben.
Er schloss seine Augen und vollführte die ruhige gleichmäßige Atmung noch einige Minuten weiter, während er hin und wieder die Lider einen Spalt öffnete und den Himmel und das Licht genau beobachtete, um zu verhindern, dass er den richtigen Moment für seinen Start verpassen könnte. Und dann dachte er daran, was wohl passieren würde. Was ihm seine Heimkehr bringen würde. Dachte an das nächste Zuhause, die deutschen Gräben, dachte an das übernächste Zuhause, die Etappe, das dahinterliegende Zuhause, mittlerweile so weit entfernt und empfindlich zart in seiner Erinnerung versteckt, dass er fürchtete, allein der Gedanke daran würde es aus seinen Gedanken löschen und unwiederbringlich verschwinden lassen. Zweifelte einen kurzen Moment – nicht länger, als eine Kugel brauchen würde, von einem in den anderen Graben zu fliegen – daran, ob er seine Flucht aus diesem Loch überhaupt wollte und nicht lieber hier ein friedvolles, einsames und ehrliches Ende finden sollte. Fragte sich für denselben Wimpernschlag, was es sei, für das er seine Heimkehr wage, und erlag für diesen einen Moment der Verlockung der relativen Gewissheit und Planbarkeit eines baldigen Endes aller Ängste und Zweifel an Ort und Stelle. Verglichen mit der Paranoia, der Ungewissheit und dem ungewissen Tode schien es ihm, als sei diese Alternative zumindest eine, die er in Betracht zu ziehen habe, und er erinnerte sich an das unbestimmte Gefühl, das ihn beschlichen hatte, als er vor einigen Jahren das erste Mal Crusoes Geschichte des hitzköpfigen Bremer Kaufmannssohns gelesen und sich mit dem Zuschlagen des Buches am Ende gefragt hatte, ob die Rückkehr des Schiffbrüchigen richtig

gewesen sei. Doch ebenso schnell, wie sie ihm durch den Kopf geschossen waren, verwarf er diese Gedanken auch schon wieder und fasste seinen Entschluss erneut und umso fester. Öffnete die Augen, sah den grauen, dämmrigen Himmel, sah, dass es gut war, richtete sich geduckt auf, überschritt die braune, schlammige Pfütze am Grunde des Trichters, begab sich an der den eigenen Linien zugwandten Flanke in Startposition, schloss die Augen und zählte – während vor seinen geschlossenen Lidern zitternd und vage erkennbar die einzelnen Zahlen erschienen – von zehn hinab.
„Zehn."
Zur gleichen Zeit, dem Verlauf der Front etwa fünfundzwanzig Kilometer nordwestlich folgend, gab ein englischer General aus der Sicherheit seines hinter der Front liegenden Hauptquartiers und nachdem er – etwas ungeduldig, da er länger warten musste als gewöhnlich – einen Zinnbecher mit dem Wappen seines ersten indischen Regiments und gefüllt mit heißem Kaffee aus der Hand seines ergebenen Ordonnanzoffiziers empfangen hatte, den knappen, verschlüsselten Befehl zum neuerlichen Angriff und Sturmlauf samt exakter Startzeit; mit dem Ziel eines nachhaltigen und kompletten Durchbruchs, um so, das erhofften sich der englische General und der komplette Stab an der Westfront, dem nun schon allzu lang andauernden Stellungskrieg mit der geballten Macht der alliierten Streitkräfte die entscheidende Wendung zu bringen. Dieser Befehl wurde nun von Meldern, Meldehunden und per Kurzwellenfunk in alle Bereiche der Front dieser Region, in die Gräben und an die Artillerie überbracht und erreichte als Erstes die Ohren eines Colonels, um präzise zu sein: die seines Funkers, in einem leidlich befestigten Grabenabschnitt

unweit des Hauptquartiers, in dem der General mittlerweile um eine weitere Tasse heißen Kaffees bat, während er sich, unter leichter Anspannung und einem drückenden Schmerz in der Magengegend, in einem Sessel zurücklehnte und seinen kurzsichtigen Blick über den großen Eichentisch vor ihm schweifen ließ, auf dem man in den letzten Monaten den Frontverlauf im Westen peinlich genau nachgebaut hatte.
Der Colonel in seinem Graben gab indes ohne Umschweife den bereits erwarteten Befehl des Generals an seinen Adjutanten und somit in den Graben weiter, und sogleich begannen seine Soldaten, sich auf den bevorstehenden Sturmlauf vorzubereiten, und namentlich ein junger Gefreiter aus der Grafschaft Warwickshire griff sogleich in eine hölzerne, aus grob gesägten Bohlen gefertigte Kiste zu seinen Füßen und nahm, in Aufregung ob des neuerlichen Befehls, eine Gewehrgranate und ließ sie routiniert in den Lauf seines Martini-Henry-Granatwerfers gleiten, richtete ihn himmelwärts und betätigte, während er den Kopf leicht abwandte, den Abzug, wodurch die Granate in gleicher Sekunde und unter einer unscheinbar ploppenden Explosion den Lauf wieder verließ und, eine perfekte Parabel beginnend, in den Himmel schoss, stieg und stieg, bis sie den Wendepunkt der Parabel erreicht hatte und sich dann, den Aufschlagzünder an ihrer Spitze voraus, wieder senkte, den deutschen Gräben zu.
Exakt am Endpunkt dieser Parabel stand unterdessen ein deutscher Landser fortgeschrittenen Alters, den Kragen seines Feldmantels fest um seinen schmutzigen Hals geschlossen, stopfte sich seine langstielige Pfeife, das schwarze, schartige Mundstück zwischen den gebleckten Schneidezähnen festbeißend, hing dabei träge und wehmütig seinen Gedanken an

Frau, Sohn und Heim nach und merkte nicht, wie sich die kriegerische Wetterlage, der Beschuss und die Atmosphäre des Schlachtfeldes mit einem Schlag änderten und die Zeichen auf Sturm wechselten, während er paffend die Glut befeuerte und genüsslich den kleinen Deckel über dem tönernen Kopf der Stielpfeife schloss, der sich über dem orange-schwarz glühenden Tabak sofort stark erhitzte und die rechte Daumenspitze des Landsers leicht verbrannte. Ebenso wenig wie er diese Verbrennung an seiner schwarzen, verhornten Daumenkuppe bemerkte, überhörten seine stumpfen Ohren das heulende Pfeifen der nahenden Granate.
Und noch bevor der süßlich schwere Pfeifenrauch des ersten Zuges seine beiden Lungenflügel erreichte, ja noch bevor er die Bronchien passiert hatte, schlug die Granate unvermittelt und mit einem ungehörten Geräusch exakt vor den lehmverschmierten, halb im Dreck versunkenen, kalten Stiefeln des deutschen Landsers in den Schlamm des Schlachtfeldes und explodierte im gleichen Augenblick. Riss einen beachtlichen Krater von ungefähr zwei Metern im Durchmesser und etwa gleicher Tiefe in die Erde, wobei sie augenblicklich den gerade noch selig paffenden und vor sich hin sinnierenden Landser komplett zerfetzte. Seine körperliche Existenz restlos ausradierte, ohne dabei auch nur das geringste bestattbare Überbleibsel zurückzulassen. Als habe es diesen deutschen Landser samt seiner noch nicht zu Ende gedachten Gedanken niemals gegeben, die nun, befreit aus ihrer fleischlichen Monstranz, unsichtbar und federleicht über das Schlachtfeld schwebten, getragen von einem leichten, durch die Explosion kaum merklich erwärmten Wind.

24 Knochen

Ya gotta fuckin' bullet in ya head!
Rage Against The Machine „Bullet In The Head"

„Drei."
Die Feuchtigkeit der Erde, in die sie die Höhle von der Grabenwand aus getrieben hatten, fraß sich mit jeder Sekunde Schlaf in die Gelenke seiner Finger, Knie, Wirbelsäule, Schultern und den Kiefer, in seine Schleimhäute, seine Knochen, und machte das Aufstehen zu einer leidvollen Qual. Als er an diesem Tag seine Augen öffnete und sich den harten Schlaf mit den aufgeriebenen Knöcheln kratzend aus den brennenden Augenwinkeln rieb, schmerzten seine Beine unerträglich und er streckte die Füße mit einem Ruck, so fest er nur konnte, aus. Es knackte durch den Knorpel und der bittersüße Schmerz schoss ihm das Rückenmark hinauf und direkt in den Kopf, an dessen Stirn seine fettigen Haare klebten. Er wachte endgültig auf. Dann richtete er seinen Oberkörper auf und atmete tief den modrigen Geruch ein, in den sich Tabakqualm, der Nachtschweiß der anderen und die allgegenwärtige Mischung aus Verwesung und Schwarzpulver gemischt hatten. Er zog die Nase kräftig und geräuschvoll hoch, räusperte sich und spuckte eine Mundhöhle voll in den verbeulten Blecheimer, der zu seinen Füßen stand und den die anderen für dieselbe

Gelegenheit nutzten. Als er sich erhoben hatte und auf den Beinen stand, gähnte er, streckte sich und schritt, nicht ohne leicht zu wanken, in Richtung des grob gezimmerten Tisches, der sich in der Mitte des Raumes befand und an dem die anderen Soldaten seiner Wache schon seit ein paar Minuten saßen und rauchend auf den Wachwechsel warteten.

Er war hübsch. Unter den dichten braunen Haaren, die ihm bis zum Tag seiner Einberufung wild vom Kopf gestanden hatten und immer wieder unzähmbar in die Stirn gefallen waren, blitzten zwei eisblaue Augen hervor. Die feine Nase und die kleinen Ohren hatte er von seiner Mutter. Es war nicht verwunderlich, dass es die Töchter des Bürgermeisters, des Metzgers, das Müllers und sehr wahrscheinlich auch des Lehrers seines Dorfes genossen, an ihm vorbeizuschlendern, wenn er am späten Nachmittag mit seinen Freunden auf dem Platz vor der Kirche in einer Pause vom Fußballspiel eine Zigarette teilte und die Sonne Schweißtropfen über seine Stirn, Wangen und den Hals hinab in sein grau verwaschenes Unterhemd laufen ließ. Indes reichte ihre Schwärmerei jedoch nicht aus, dass sie den Mut aufbrachten, ihn anzusprechen, und so ließ er bei

seiner Einberufung vor allem seine zwei Schwestern zu Hause zurück, um die er sich kümmerte, seit die Mutter von einer Zugreise in den Norden nicht zurückgekehrt und sein Vater mit den drei Kindern allein war.
Als er am Tisch angekommen war, stieß er mit einem gekonnten Tritt den fetten P. von dem runden Baumstumpf, den er vor zwei Wochen in einem Krater unweit des Grabens gefunden hatte und seitdem als seine persönliche Sitzgelegenheit vor den anderen verteidigte. Fluchend verschwand der Vertriebene in den hinteren Teil des Raumes. Nachdem O. Platz genommen hatte, begann er, sich für seine Wache bereit zu machen. Er schnürte seine Stiefel, in die er nach dem Aufstehen nur hineingeschlüpft war, ordnete seine Uniform und machte sich dann daran, während er aus der verbeulten Blechkanne auf dem Tisch immer wieder einen großen Schluck schwarzen, heißen Kaffee nahm, sein Gewehr zu reinigen und auf korrekte Funktion zu überprüfen. Seine Vorgesetzten hatten bereits in der Kaserne seine stoische Ruhe und unerschütterliche Gelassenheit bemerkt, die ihm – gepaart mit seiner außerordentlichen Wortknappheit – einen distanzierten Respekt unter seinen Kameraden einbrachte. Schon nach den ersten Wochen an der Front hatte sein Leutnant entschieden, ihn während der Wachen mit seinem Gewehr abseits der anderen, leicht erhöht hinter Sandsäcken verbarrikadiert, zu postieren. Allein mit der Aufgabe, die gegnerische Linie mit dem Blick über dem Lauf abzufahren und gezielt auf alles zu feuern, das sich ihm entgegenstellte. Und so hatte er die Monate seiner Dienstzeit seither in einer Sonderstellung verbracht – mit eigenem Lager und bescheidenen Freiheiten ausgestattet.

Er zog die roh gezimmerte Holzkiste unter dem Tisch hervor und nahm ein Päckchen Gewehrkugeln heraus. Er schlug das Wachspapier zurück und füllte vier Lade-Rahmen mit je fünf glänzenden Patronen Kaliber 303. Einen der Rahmen lud er in sein Gewehr, die anderen Rahmen steckte er wie immer in die rechte Tasche seines Rockes. Dann schlug er weitere Patronen in ein separates Stück Wachspapier ein, das er hütete wie einen Schatz, und verstaute sie in der Patronentasche an seinem Koppel. Zu Beginn noch hatten ihn seine Kameraden ausgelacht, als sie sahen, dass er mit maximal dreißig Patronen ausgerüstet seinen Grabendienst antrat, und hatten ihn halb im Scherz, halb besorgt gewarnt, ohne Munition am Mann dazustehen sei gefährlich. Schon bald aber hatten sie mit Staunen begriffen, dass er nicht mehr Kugeln benötigte. Es gab Tage, da kam er mit einer Handvoll bestätigter Treffer von der Wache zurück und der zweite Rahmen steckte noch im Gewehr, die Patronen in seiner Gürteltasche waren unangetastet. Er drückte nur dann ab, wenn er sich absolut sicher war, dass die Kugel ihr Ziel treffen würde. Und bis auf einige wenige Ausnahmen hatten sie in den letzten Jahren immer ihr Ziel wie berechnet erreicht. Wie viele Treffer er bisher platziert hatte, wusste er nicht. Es interessierte ihn nicht. Einer der Sergeanten seiner Division hatte versucht, darüber Buch zu führen und mitzuzählen. Der war allerdings vor einigen Wochen bei einem Grabensturm mitsamt seinem kleinen schwarzen Notizbuch verschwunden.

An seiner Position im Graben angekommen, verfuhr O. immer gleich. Er nahm auf der einbeinigen Sitzhilfe Platz, den Kopf ein klein wenig tiefer als die Mitte der Öffnung der schmalen Schießscharte zwischen den Sandsäcken. Von des Gegners

Seite war die leichte Erhebung über der Grabenkante schon lange nicht mehr zu sehen, denn innerhalb eines Tages waren sie im Beschuss mit Dreck und Unrat zugeworfen und er musste den schmalen Schacht oft mit dem Stiel eines Spatens frei drücken, um seinen Karabiner hineinzulegen. Er hatte es sich zur Gewohnheit gemacht, immer dann, wenn sich nicht ohnehin durch Artillerietreffer der Grabenverlauf änderte, seinen Standort regelmäßig zu wechseln. Wenn er also Platz genommen und sein Gewehr platziert hatte, legte er ein kleines, weiches Tuch über den Kolben, bettete dessen hinteres Ende auf seiner rechten Schulter und drückte seine Wange so an das Tuch über dem Kolben, dass er mit dem rechten Auge Kimme und Korn überblickte. Über das linke Auge senkte er eine Augenklappe, die er einem verstorbenen gasblinden Kameraden abgenommen hatte. Die rechte Hand lag in Höhe des Abzuges auf dem Gewehr, die andere ruhte auf seinem linken Knie. Da die Scharte recht schmal war, konnte er die Mündung seines Karabiners nicht weit hin- und herbewegen, aber einen Bereich von etwa zwanzig bis dreißig Grad einsehen und bestreuen. Sodann fing er an, mit dem Auge über Kimme und Korn von links nach rechts und von rechts nach links zu schwenken. Immer hin und her, immer im gleichen, bedächtigen Rhythmus. Wenn er an einem Ende des Winkels angekommen war, verharrte er kurz, atmete einmal aus, sog neue Luft durch die Nase ein und hielt sie bis zum Ende des folgenden Schwenks ein, atmete erneut aus und ein und so fort. Alle sechs Schwenks schloss er nach dem Ausatmen und vor dem Atemholen sein rechtes Auge, um es zu befeuchten und entspannen, zählte auf drei, atmete ein und begann den Ablauf von Neuem. So bestrich er den Frontabschnitt vor seiner Position Wache für Wache,

Tag für Tag und wartete darauf, ein lohnendes Ziel vor seinem Lauf auszumachen. Es gab Tage, da gab er nicht einen Schuss ab. Und es gab Tage, an denen setzte er drei, vier, manchmal sogar mehr Treffer.

*

August rammte seine Fußspitzen noch einmal fest in den Lehm, atmete tief ein, tief aus und wieder ein.
„Zwei."

*

Wenn er über seiner Kimme ein Ziel ausgemacht, gezielt und sich zum Feuer entschlossen hatte, zog er den Abzug im metallenen Bogen unterhalb des hölzernen Schafts seines Karabiners mit den beiden vordersten Gliedern seines rechten Zeigefingers um etwa einen Zentimeter nach hinten und löste zunächst einen mechanischen, dann chemischen, physischen und schließlich chirurgischen Vorgang aus, dessen Resultat, hätte man es direkt mit dem Krümmen der Fingerglieder verglichen, in keinerlei nachvollziehbarem Zusammenhang mit seiner Ursache stand. Nachdem er also das Ziel über den Lauf anvisiert und den Entschluss zum Abdrücken gefasst hatte, feuerten seine Nerven über Rückenmark, durch Schulter, Oberarm, Unterarm und Handgelenk den Befehl zum Krümmen bis an die Sehnen, Bänder und Muskeln um die beiden letzten Gelenke seines rechten Zeigefingers. Fingermuskel und Bänder zogen sich zusammen und wandten die nötige Kraft auf, um den Widerstand des Abzuges zu überwinden.
Ursache und Wirkung. Wird der Abzug eines Karabiners betätigt, löst sich in der gleichen Millisekunde die Arretierung

des vorgespannten Hahns unter einem Klicken und eine metallene Feder zieht oder drückt den Hahn mit Wucht nach vorne, sodass dessen Spitze dann mit einem trockenen, unscheinbaren Ticken auf den vor ihm liegenden Zündsatz am hinteren Ende der Patronenhülse schlägt und den kleinen Treibsatz in der Hülse zur Explosion bringt. In alle Richtungen von Metall umgeben, sucht sich die Energie der kleinen, aber machtvollen Reaktion den Weg des geringsten Widerstandes aus der Patronenhülse: Sie schiebt das 7,7 x 56 mm große Projektil gerade nach vorne weg durch den Karabiner und beschleunigt das Geschoss bis zum Ende des stählernen, 64,2 Zentimeter langen Laufes, wo es mit einer Geschwindigkeit von etwa 740 Metern pro Sekunde, mehr als doppelte Schallgeschwindigkeit, und mit einer Energie von etwa 3.200 Joule aus der Mündung des Gewehrs austritt und seine Flugbahn beginnt. Ist der Schuss sofort tödlich, wird das Opfer den Knall der beachtlichen Mündungsflamme noch nicht gehört haben, wenn das Metall bereits in seinen Körper dringt. Auf seinem Weg vom Lauf bis in das Fleisch flirrt das Projektil zunächst nicht weit über dem Boden, in einer leicht ansteigenden Bahn mit einem Winkel von etwa fünfunddreißig Grad vom Rand des Grabens und mit einem leichten Linksdrall durch die Luft in Richtung des Ziels. Die Luft teilt sich an der metallenen Spitze und nimmt der Kugel durch Reibung einen Großteil der Mündungsenergie, bis sie – wird sie nicht vorher von einem anderen Objekt gestoppt, abgelenkt oder gebremst – an ihrem Bestimmungsort einschlägt. Noch immer schnell und kraftvoll genug, um einen menschlichen Körper zu durchschlagen.

*

Und nun würde er rennen. Rennen, ohne sich umzusehen und ohne anzuhalten. Sein rechter Fuß würde in den feuchten, an der Oberfläche schon leicht getrockneten Rand des Kraters stapfen, bevor er den linken etwa einen halben Meter weiter in die Erde des Schlachtfeldes setzte und zu rennen begänne. Aus dem Profil seiner Stiefel würden Matschklumpen in die Luft fliegen, wenn er sie beim Rennen in die Luft würfe. Er würde in Pfützen, auf Holz, Metall, Stacheldraht, Stofffetzen, verwesende Fleischreste und eine tote Ratte treten und nach etwa dreißig Metern im Matsch, etwa hundert Meter vor sich, die Stahlhelme seiner Kameraden erkennen, von denen die ersten auf ihn aufmerksam werden würden und ihm ungläubig knapp über dem Grabenrand auf ihn deutend Feuerschutz gäben. Mit der rechten Hand am Visier seines Helmes würde er dann versuchen zu verhindern, dass ihm der Helm ins Gesicht rutscht und seinen Nacken preisgibt. Seine Füße würden durch den Matsch des Schlachtfeldes klatschen und aus den Pfützen Wasser emporschleudern, das ihm ins Gesicht spritzen, seine Augen verdrecken und in braunen Tropfenbahnen über die Wangen laufen und dann vom Kinn wieder auf den Boden tropfen würde.
„Eins."

*

Bei einem Körpertreffer durch einen einzelnen Gewehrschuss verlaufen die Grenzen zwischen Fleischwunde und tödlichem Treffer fließend, die Abstufungen sind fein, aber wesentlich. Eine einfache Fleischwunde – etwa ein Streifschuss oder ein Durchschuss an Oberarm, Schulter, Hand oder Bein – bedarf neben einer geschickten chirurgischen Hand im Lazarett noch einer gewissen Zeit der Wundheilung und der hygienischen Entzündungsprophylaxe. Dann kann der Getroffene schon bald wieder seinen Dienst im Graben tun. Streift oder trifft der Schuss hingegen empfindliche Teile – etwa die Weichteile der Bauchhöhle oder ein großes Blutgefäß –, ist der Tod um einiges gewisser. Entscheidender Unterschied dabei ist die Dauer des Sterbens. Manchmal vergehen Jahre, manchmal Monate, oft aber nur Wochen, Tage, Stunden, Minuten oder Sekunden – immer voller Schmerz und Qual –, bevor der Organismus vor der Einwirkung des verhältnismäßig kleinen Metallstücks kapituliert und stirbt. Die Gnade eines Gewehrschusses liegt also allein in der Unmittelbarkeit des Todes unter geringstmöglichen Schmerzen. Dabei hat der Schütze fast alleinigen Einfluss auf die Art des Todes seines Zielobjekts. Versucht und vollbringt er zum Beispiel einen platzierten Kopfschuss, wohnt der eigentlichen Unerhörtheit des Schusses durchaus ein Akt der Barmherzigkeit inne. Ein gewollter und gezielter Schuss in den Bauch hingegen vervielfacht Verachtung, Hass und Unbarmherzigkeit eines Schusses auf ein lebendes Ziel und zeigt den Willen des Schützen, dem Opfer so viel Leid wie möglich zuzufügen.

Epidermis, Dermis, Subcutis – in dieser Reihenfolge durchschlägt eine Kugel als Allererstes die wenige Mikrometer dicken Schichten der menschlichen Haut. Die Haut definiert die physische Grenze des Individuums. Sie definiert ein Innen und Außen, mit ihr beginnt und endet das stoffliche Sein des Menschen. Die Haut ist die erste und letzte Barriere, die ein Projektil überwinden muss, um in einen Organismus einzudringen und ihn zu töten – im Falle eines Kopfschusses mit einem Winkel von etwa fünfunddreißig Grad in den freiliegenden Nacken des Ziels gelingt das wahrscheinlich, ohne vorher von Kleidung oder anderem leblosen Material gebremst zu werden. Oberhaut, Lederhaut, Unterhaut – auf diesem Weg zerfetzt das von der Reibung glühend heiße Metall Schweißporen, Haarwurzeln, Muskeln, erste Nervenenden und Blutgefäße, Fettzellen und Talgdrüsen und setzt durch den Aufprall enorme kinetische Energie frei, die sich unter anderem in wellenförmigen Bewegungen in das umliegende Gewebe entlädt und im Schusskanal selbst einen Gewebeverlust verursacht. Direkt hinter der Haut liegen Muskeln, Knochen, Sehnen, Bindegewebe und Organe.

Man muss sich den perfekten Kopfschuss als unausweichlich tödlich vorstellen. Das zu zerstörende Organ ist das Gehirn und damit die Funktion des Zentralnervensystems. Die Kugel schnellt also durch die Haut, in den Nacken und die Muskulatur des oberen Halswirbelbereichs und trifft wahrscheinlich irgendwo im Bereich zwischen Hinterhauptbein, Warzenfortsatz und erstem Halswirbel auf den massiven Schädelknochen. Hier wird sie zwar weiter abgebremst, eventuell etwas abgelenkt und verformt, aber sie durchschlägt noch immer mühelos den Knochen, seine Knochenhaut und das feine Gewebe aus Knochenbälkchen und Mark in seinem Inneren.

Würde das Projektil nun sofort bremsen und sich nicht mehr weiterbewegen, hätte es vielleicht nur eine – wenn auch beachtliche und gefährliche, aber nicht zwingend tödliche – Fleisch- und Knochenwunde und eine Lähmung von Hals ab hinterlassen. Chirurgisch und hygienisch gut behandelt könnte die Wunde theoretisch sogar ohne große Folgeschäden, außer Vernarbungen und Schmerzen, wieder heilen. Direkt

hinter dem Schädelknochen jedoch beginnt der Tod. Die Kugel verlässt den Knochen, dringt in das Kleinhirn ein und beginnt die unwiederbringliche Zerstörung existenziellen Hirngewebes. Das Kleinhirn liegt in der hinteren Schädelgrube und übernimmt, obwohl es etwa nur den siebten Teil der Masse des Großhirns hat, lebenswichtige Funktionen.
Das Projektil durchbohrt also dieses Kleinhirn, unser tierisches Erbe, an seinem unteren, Hals und Rücken zugeneigten Ende. Durch den Aufprall auf den Körper im Allgemeinen und den harten Knochen im Speziellen hat sich die Kugel schon merklich verformt und zerreißt nun, nach dem Verlust ihrer optimalen Stromlinienform, unkontrolliert das Gewebe, auf das sie trifft. Die wenigen Zentimeter Kleinhirnmasse passiert sie noch rasch und hat ihr Werk im Grunde schon vollbracht. Aber der menschliche Organismus ist widerstandsfähig und auch mit einem teilweise zerstörten Kleinhirn ist noch Leben möglich. Das ändert sich im Atemzentrum. Ist die Kugel günstig gesetzt und tief gezielt, stößt sie direkt hinter dem Kleinhirn auf das Atemzentrum, den Nodus vitalis. Dieser liegt irgendwo im Hirnstamm – wo exakt, weiß Gott allein – und regelt die unbewusste Atmung des Menschen in zwei sich gegenseitig hemmenden und auslösenden Mechanismen. Zerfetzt das Projektil diesen Teil des Gehirns, setzt die Atmung unmittelbar aus und die Sauerstoffversorgung des Organismus kommt zum Erliegen. Unwiderruflich.
Noch aber befindet sich ein Rest Bewusstsein im Körper des Getroffenen. Der Organismus schaltet auf höchste Alarmstufe, um zu retten, was nicht mehr zu retten ist. Alle Funktionen, die nicht unmittelbar lebenswichtig sind, werden abgeschaltet und das gesamte System zentralisiert sich auf die

wesentlichen Funktionen von Atmung und Blutkreislauf und pumpt hohe Mengen Adrenalin aus dem Nebennierenmark in das Blut. Obwohl das Atemzentrum bereits zerstört ist, schlägt das Herz weiter, schlägt schneller. Alle Gefäße ziehen sich zusammen, erhöhen den Blutdruck und versuchen, den befürchteten Volumenverlust des Herz-Kreislauf-Systems zu kompensieren.

Der Rest ist virtuelle Flucht vor dem Ende, für die der intakte Teil des Hirns ein Ablenkungsprogramm fantasiert. So riecht die Nase vielleicht den Duft frisch gebackenen Kuchens, sieht das Auge die bauchigen Kumulus-Wolken am Himmel eines warmen Sommernachmittags, hört das Ohr das Schnurren einer Katze, die sich einst an einem lang vergangenen Winterabend auf dem Bauch des Sterbenden zusammenrollte, und die Hand fühlt die raue Oberfläche der Zunge ebenjener Katze, wenn sie mit halb geschlossenen Augen an seinen fettigen Fingern leckt, während er sich nach einem ausgedehnten Abendessen auf der warmen Küchenbank zurücklegt und seine andere Hand kraulend durch das dichte Nackenfell des rot getigerten Katers fährt. Alles gleichzeitig nacheinander.

Was mit dem Körper im Ganzen passiert, hängt davon ab, wo er sich befindet. Ein rennender Soldat beispielsweise würde schon kurz nach oder mit dem Eindringen der Kugel in seinen Körper auf dem unebenen Gelände in Laufrichtung nach vorne zu Fall kommen. Seiner Reflexe beraubt, würde er ungebremst und ohne Abwehr in den Matsch des Schlachtfeldes schlagen. Sein Gesicht mit Wucht in die feuchte Erde klatschen. Vielleicht würde sich ein umherliegendes, scharfkantiges Stück Granatsplitter oder Schanzmaterial geschmeidig in sein linkes Auge oder seine rechte Backe bohren und dabei knirschend das Jochbein zertrümmern. Vielleicht würde ein Stein unter sprödem Klirren die oberen Schneidezähne zermalmen und Blut in Mund, Rachen, Speise- und Luftröhre wallen lassen. Vielleicht würde ein Arm, ein Bein, das Schlüsselbein oder eine Rippe unter der Wucht des Sturzes knackend bersten. Und nach seinem Sturz würde der Soldat vielleicht mit Mund und Nase unter Wasser in einer Pfütze liegen, die Arme unter seinem Oberkörper begraben, die Beine in unkontrollierter Nervenaktivität zuckend. Schließmuskel und Blase würden den Dienst versagen und sich in die ohnehin schon nasse und dreckige Uniform entleeren. Im schmutzig braunen Wasser würden auf Höhe von Nase und Mund kleine, sprudelnde Bläschen aufschäumen und leise blubbernd platzen. Verursacht vom letzten Atem, der aus den zusammenfallenden Lungen entweicht. Vielleicht würde ein Junge an seine Mutter denken; ein Vater an seine Tochter; vielleicht würden beide ein Licht sehen; vielleicht würden sie zufrieden sein und lächeln.

Während das Herz weiter pumpt, bis die fehlende Sauerstoffversorgung und der Ausfall des Zentralnervensystems schließlich das Herzgewebe erreichen.

Und der Herzschlag für immer stoppt.

*

„Nach Hause."

Epilog – Gewitter

Careless and young, free as the birds that fly.
Ben Howard „Old Pine"

Für den Bruchteil einer Sekunde nahm der Stichling einen Schatten über der Wasseroberfläche wahr. Instinktiv tat er einen kräftigen Schlag mit der Schwanzflosse, und in dem Augenblick, als sich die obere und die untere Spitze des geöffneten Eisvogelschnabels in den feinen Sand des Bachbodens bohrten, verschwand der kleine Fisch nur wenige Zentimeter entfernt in einer Spalte zwischen zwei glatt geschliffenen Kieselsteinen.
Der Eisvogel zog seinen Schnabel aus dem weichen Bachbett, schlug mit seinen schillernden Flügeln, um wieder an die glitzernde Wasseroberfläche zu gelangen, und begab sich zurück auf seinen Ast.
Dann, kurz bevor das Gewitter endlich begann, schleuderte er sich das Wasser in einem feinen Sprühnebel aus dem irisierenden Gefieder und neigte den Kopf zur Seite, um mit seinem nachtschwarzen Auge die perfekten, konzentrischen Kreise zu betrachten, die die fetten Regentropfen kraftvoll in die spiegelglatte Wasseroberfläche des Baches schlugen.
Es war August und die Fichten ächzten und knackten, als der warme Wind in sanften Böen durch ihre Kronen strich.

Epilog – Gewitter

Wollte man für jeden Gefallenen des Ersten Weltkrieges ein Kreuz drucken, bräuchte man mehr als 5.000 Seiten wie diese:

††
††
††
††
††
††
††
††
††
††
††
††
††
††
††
††
††
††
††
††
††
††
††
††
††

Dank

Am Gelingen dieses Buches waren zahlreiche Menschen beteiligt, die hier – in keiner spezifischen Ordnung und ohne Anspruch auf Vollständigkeit – genannt werden. All jenen, die vergessen wurden, sei gesagt: Ihr seid nicht vergessen!

Mein tiefster Dank gilt meiner ganz und gar wunderbaren Frau Jenny, die seit zwei Jahrzehnten dafür sorgt, dass ich meinen brotlosen Hirngespinsten nachjagen kann, und mir doch niemals Vorschriften macht. Ein größeres Geschenk kann es für jemanden wie mich kaum geben. Dank an meine Familie und vor allem an meine Mutter, meine selbstlose Unterstützerin in allen Belangen. Ich danke von ganzem Herzen meiner klugen Freundin, Verlagspartnerin und Lektorin Susanne Philippi, ohne deren Tatkraft dieses Buch niemals erschienen wäre. Meinem Freund und Tausendsassa Stefan Weyer verdanke ich unter anderem ein ganz besonderes Cover für dieses Buch sowie einige grundlegende Angelfähigkeiten. Sarah Frank danke ich für den gekonnten Satz des Textes und die Gestaltung des Buches. Ein Buch über einen Krieg, angezettelt und ausgetragen von unbelehrbaren Männern, dessen Erscheinen vor allem selbstständige Frauen ermöglicht haben. Iniqua numquam regna perpetuo manent.

Meinen Großvätern August Schwarz und Friedhelm Caspar Jansen danke ich dafür, dass sie in den Krieg gezogen, mehr oder minder wohlbehalten zurückgekehrt sind und mir davon berichtet haben. Ich habe versucht, daraus etwas Gutes entstehen zu lassen.